☺

아무 날에 독서모임

아무 날에 독서모임

초판 1쇄 2022년 8월 29일

지은이 서정원

펴낸이 원하나
편집 김동욱
디자인 정미영
일러스트 정기쁨
출력·인쇄 금강인쇄(주)

펴낸 곳 하나의책
출판등록 2013년 7월 31일 제251-2013-67호
주소 서울시 관악구 남부순환로 1855 통일빌딩 308-1호
전화 070-7801-0317 **팩스** 02-6499-3873
블로그 blog.naver.com/theonebook

ⓒ2022, 서정원
ISBN 979-11-87600-15-2 03800

아무 날에 독서모임

서 정 원 지음

즐거운 독서모임을 지속하기 위한 방법들

다시 독서모임을 시작했다. 사귀던 사람과 헤어지고 한 달이 채 안 된 때였다. 구멍 난 시간을 독서로 채우게 하고, 책으로 말 건네는 사람들이 있고, 새로운 인연의 가능성도 있는 곳. 제법 좋은 기억을 지니기도 했으니 고민할 필요가 없었다. 알고 보니 유사한 이유로 독서모임의 문을 두드리는 사람이 적지 않았다.

하지만 기대를 품고 다시 시작한 독서모임은 아쉬움부터 안겼다. 좋은 기억에 기대기엔 많은 것이 달랐다. 낯선 사람들과는 내내 친함이 부족했고, 미지의 책 읽기는 너무 지루했고, 대화는 틈틈이 겉돌았다. 결국 원하는 독서모임을 찾아 몇몇 모임을 기웃거렸다. 그러다가 모임을 운영하기도 했다. 나름 잘 꾸린 것 같은데도 주축 회원들이 이탈해 모임을 정리하기도 했고, 아무도 나서지 않아 어쩔 수 없이 모임 운영을 맡기도 했다.

때때로 위기의 순간을 마주하면 독서모임의 추억을 끄집어냈다. 그중에서도 첫 독서모임의 진한 향수는 모임을 이어 가는 데 큰 힘이 되었다. 모르는 것투성이였던 대학생 시절, 나를 뭔가 있어 보이는 사람으로 만들어 줄 것 같아 가입한 독서모임. 그땐 모임에 참여할수록 아는 척할 수 있는 게 많아져서 더 적극적으로 참여했다. 점점 몸담은 독서모임 수가 늘어나면서 더 많은 사람과 만날 수도 있었다. 그렇게 읽는 일상의 기쁨에 물들어 갔다. 그때만큼 오롯이 독서모임에 빠졌던 적은 없다. 이후 사회생활을 시작하고 일을 한다는 핑계로 독서모임과 멀어졌다. 그래도 마음 한구석에는 '언젠가 다시 모임을 하겠지' 하는 막연한 생각이 있었다. 예감은 틀리지 않아서, 지금도 독서모임에 참여하고 있다.

생의 여러 시점에서 각기 다른 모습의 독서모임과 함께했다. 다독, 스터디, 친교, 독서 루틴 세우기 등 참여 동기도 기대치도 모두 달랐다. 하지만 독서모임을 꾸준히 접하다 보니 독서모임을 통해 누릴 수 있는 것이 알려진 것보다 더 많음을 알게 되었다. 물론 그 사이사이에 도사린 실망과 불편 등이 그리 사소하지 않다는 점도 배웠다. 그럼에도 계속 독서모임 주변을 기웃거리고, 주변 사람들에게 권하고, 더 많은 이들과 나누고 싶었다.

이런 마음으로 다양한 이야기를 담아서 공유한다면 어느 독서모임의 누군가에게 조금이나마 도움이 되지 않을까 생각했다. 시간이 날 때마다 널리 독서모임을 이롭게 할 방법을 투박하게 끄적였다. 그러다 특별한 내용이 없으니 사람들이 뻔하거나 사소하게 여길 듯싶어 덮곤 했다. 그래도 거듭된 독서모임의 소소한 경험이 유용하게 쓰일 때도 있었으므로 되는 대로 정리해 보기로 했다. 대단하고 거창한 독서모임을 만드는 기술이 있다면 대박 날 텐데 그런 건 적을 게 없었다. 그저 독서모임을 처음 꾸리거나 오래 지속하는 데 참고할 만한 내용을 펼칠 수밖에.

독서모임을 꾸리고 지속하는 데는 운영자의 역할이 많은 비중을 차지하기 때문에 운영자 입장 위주로 내용을 정리했다. 회원은 잠재적 운영자이기도 하니까 독서모임의 모든 구성원이 공유하면 좋을 듯했다. 독서모임을 운영하면서 마주할 수 있는 여러 상황에서 활용할 선택지를 풍성하게 제시하고자 다양한 모임 사람들의 경험을 보탰다. 주변의 아는 모임 접촉, 지인의 추천, 몇몇 도서관 사서의 도움 등을 통해 많은 모임의 운영자와 회원을 소개받았다. 10년 넘게 모임을 이끌어 오고 있는 운영자, 다수의 독서모임에 가입해 골고루 읽고 나누는 프로 모임러, 별로인 모임만 겪어서 독서모임 활동을 아예 손절한 사람 등등 유형도 다채로웠다.

그들과 직접 만나거나 메일 혹은 SNS로 소통하면서 실한 정보를 얻고 날것의 사례를 들었다. 곳곳에서 모은 경험 중에는 독서모임을 향한 섭섭함도 적지 않았다. 모두가 만족하는 모임을 바라보는 것도 좋지만, 구성원의 아쉬움이 덜한 모임을 만들어 나가려는 생각이 더 중요하다는 것을 알 수 있었다.

이런저런 사람들을 만나 이야기를 나누면서 독서모임들이 서로 은근하게 연결된 것 같다는 생각을 했다. 참여자가 모임을 옮겨 다니며 모임끼리 영향을 주고받기도 하고, 모임에서 읽고 나눈 책 이야기가 누군가의 말과 글을 통해 번져서 그 책이 여러 모임에서 읽히기도 하니까. 내 경험과 기록 일부도 여러 모임 사람들의 경험에 신세 진 것일 테다.(그러니 당신의 독서모임에 감사하며 모든 모임을 응원할 수밖에!)

세상의 모든 독서모임이 저마다의 방식으로 지속할 수 있기를 바란다. 독서모임을 그만두는 사람도, 사라지는 모임도 줄어들어야 독서모임 하는 기쁨을 누릴 기회가 더 늘어날 것이므로. 이런 흐뭇한 일을 일으키는 데 이 기록이 조금이나마 보탬이 되면 좋겠다.

2022년 여름,

서정원

차례

여는 글 ... 4

1장
모임, 그리고 꾸리다

모이기 전 마중 나온 생각 ... 14

　진짜로 원하는 모임이 뭐임? ... 18

관심 없는 그들, 가입하려는 이들 ... 20

　독서모임에 관심 없는 사람들 ... 21　독서모임에 가입하려는 사람들 ... 22

시작하는 모임을 위한 소소한 팁 ... 25

　회원 모집은 어디서? ... 26　모임 소개글은 어떻게 쓸까? ... 27　모임의 적정
　인원은? ... 28　모임하기 좋은 장소는? ... 30　모임 일정은? ... 32

어쩌나 수상한 가입자 ... 33

꼼꼼한 모임 규칙의 유용한 쓰임새 ... 39

　신규 회원 대상 규칙 ... 40　모임 출석 규칙 ... 41　완독 규칙 ... 43
　독서모임에도 예의는 기본 ... 45

2장

책, 읽고 나누다

책 선정, 어떻게 할까? ... 48

지정 도서 vs. 자유 도서 ... 49 책을 고르는 손 ... 51 투표로 책 고르기 ... 54

일단 별로인 책은 피하고 ... 58

읽을 만한 책은 어디에 ... 59 안전빵 책 유형 ... 65

모임 참여를 위한 읽기가 있다? ... 70

날것의 기록 ... 71 읽은 내용 붙잡기 ... 72 곁에 이런저런 사전들 ... 74
한눈에 볼 수 있게 도식화 ... 75 차례 보며 길 찾기 ... 76

똑똑한 질문, 단단한 발제 ... 79

흔한 질문거리 먼저 ... 80 질문 수집하기 ... 82 발제의 활용 ... 85
발제지 내용 ... 86

읽은 책에 대해 말하기 ... 90

완독한 사람 체크 ... 91 감상 나누기 ... 92 내용 확인 ... 93
생각 나누기 ...93 견주어 읽기 ... 95

가뿐한 책 놀이로 아이스 브레이킹! ... 96

독서모임에서 할 만한 책 놀이 ... 97

그림책은 힘이 세니까 ... 102

독서모임에서 그림책을 읽으면 좋은 이유 ... 104
어떤 책을 어떻게 읽고 나눌까? ... 105

청소년책이 어때서 ... 111

독서모임에서 청소년책을 읽으면 좋은 이유 ... 112 어른이 청소년 문학을 읽
으면 좋은 이유 ... 115 어른에게 청소년 인문·사회 분야 책을 권하는 이유 ...
120 어른이 청소년 과학책을 읽으면 좋은 이유 ... 123

3장

사람들, 닿고 잇대다

다행이야 운영진이 있으니까 ... 128

흔한 운영진 일 – 생각 더하기, 발길 북돋기 ... 129 운영진도 헤매는 일 – 회
비 정하기 ... 131 운영진도 꺼리는 일 – 비용 관리 ... 132 어쩌면 가장 중요
한 운영진 일 – 뭉근한 동행 ... 134

당신을 운영진으로 모십니다 ... 135

야, 너도 만날 수 있어 이런 운영진 ... 136

어디에나 있다, 모임의 빌런 ... 142

우연히도 유감한 사람들 ... 143

어김없이 온다, 시들기 ... 148

어쩌면 하락세로 향하고 있는 증상 ... 149
시들한 모임을 향한 씩씩한 대응 ... 151

지루한 시간을 깨우는 잇템 ... 154

분위기를 띄우는 효과 만점 도구들 ... 155

온라인이라도 괜찮아 ... 162

SNS로 일상 나누기 ... 164 온라인에서 글 공유 ... 166
온라인에서 모이기 ... 167

4장

일상, 모임과 자라다

그 모임의 기억법 ... 174

모임을 기록하는 방법 ... 175

못 쓴 서평과 거리 두기 ... 182

아쉬운 서평의 유형 ... 183

독서 너머의 활동 ... 189

도전! 독서모임 안의 소모임 ... 190

읽기에서 글쓰기 그리고 책 쓰기로 ... 197

글쓰기 소모임 운영 ... 199 독서모임 맞춤 책 쓰기 콘텐츠 ... 201

가만히 지속되는 삶 읽기 ... 205

부록 1 여러 독서모임 사람들이 추천한 책들 ... 216

부록 2 발제지 예시 ... 226

부록 3 함께 읽을 만한 그림책 ... 243

1

모임,
그리고 꾸리다

☺

모이기 전
마중 나온 생각

"낯선 모임에 처음 나가는 게 부담스럽긴 하지. 어색한 사람들과 친해지기도 쉽지 않고. 회원들과 읽는 성향이 다르면 나가기 싫어질걸. 그냥 하나 만드는 건 어때?"

독서모임에 가입해 볼까 고민하는 사람에게 이렇게 말한 적이 있다. 그땐 좀 귀찮기는 하지만 마음만 먹으면 독서모임쯤 뚝딱 만들 수 있다고 여겼다. 주변에서 책 좋아하는 사람을 몇 명 모아서 시작만 하면 어떻게든 굴러갈 거라고 생각했다. 실제로 이렇게 만든 모임이 잘 유지된 적도 있었다. 물론 그 모임의 구성원은 알고 싶은 것도 시간도 많았던 대학생이 대부분이긴 했지만.

말이 나온 김에 나도 다시 시작해 볼까 싶었다. 읽기는 계속 쪼그라들고 있고 만나는 사람도 다 거기서 거기였으니. 독서모임의 좋은 기억을 더듬으면서 그에게 같이 해 보지 않겠냐고 물어봤다. 몇 초의 고민도 없는 거절을 마주했다. 아는 사람과 함께하는 건 뭔가 부끄러운 일이란다. 오히려 지인이 낫지 않나 싶은데, 그는 나와 성향이 다르니까 그러려니 했다.

한번 깨어난 생각은 쉬이 사그라들지 않아서 예전에 함께 책 좀 읽던 사람들을 하나씩 소환해 보기로 했다. 한 사람은 일 그만뒀냐고 물으며 요즘 바쁘다고 했다. 어떤 사람은 너의 순수함을 응원한다며 마음만 함께하겠다고 했다. 아예 '읽씹'을 한 사람도 있었다. 다행히 모임의 긍정적인 기운을 당장 필요로 하는 사람이 있었다. 그와 각자의 주변에서 책 좋아하는 사람을 모아 작은 모임을 꾸렸다. 그런데 일정을 맞추기도, 서로 다른 관심사를 조율하기도 쉽지 않았다. 어렵게 시간을 조정해서 모여도 서로 아는 사람이다 보니 긴장감 없이 친목 모임으로 흘러가곤 했다.

이어진 모임 후에 몇 가지 생각이 지나갔다. '역시 독서는 학생 때나 온전하게 할 수 있는 걸까?', '원래 지인과 독서모임을 꾸리면 읽기가 사소해지는 건가?', '읽기를 좋아하는 것과 읽은 내용으로 이야기 나누는 걸 좋아하는 건 다르구나.' 오래지 않아 모임은 사라졌다. 그 후 모임을 향한 미련인지 오기인지는 모르겠으나, 틈틈이 모임의 세계를 기웃거리기도 했다. 드로잉, 재테크, 영상 제작, 글쓰기 모임 등 골고루 접해 봤지만, 꾸준히 나가게 되는 모임은 없었다.

어느 날은 실연으로 일상에 커다란 골이 생겼다. 단단히 메울 수 있는 무언가가 절실했다. 꽤 헤매고 있었기에 새로운 무언가를 해 볼 엄두가 나지 않았다. 나름 익숙하다고 여겼는지 독서모임에 기대기로 했다. 일단 오래 운영되고 있는 모임에 가입해 보는 게 나을 것 같았다. 포털 사이트에서 검색하면 나오는 블로그나 카페를 훑어보고, 유명 독서모임 사이트와 모임 앱 등을 살펴봤다. 그러다 같은 지역 내에 활발해 보이는 모임을 찾았는데 가입 문턱도 그리 높지 않았다. 마음만 먹으면 여러 모임에 가입할 수도 있겠다 싶었다.

괜찮아 보이는 독서모임 두 곳에 가입해 봤다. 한 모임은 회원들이 책을 열심히 읽고 적극적으로 참여하는 편이었지만, 이상하게 어색하고 지루했다. 그 모임의 회원들과 나는 관심사와 사용하는 언어가 많이 다른 느낌이었다. 그렇다 보니 점점 모임에 나가지 않게 되었고, 얼마 뒤 모임에서 잘렸다. 다른 모임은 회원 수가 꽤 많고 회원들의 교류도 활발해 보였다. 그런데 정모에 한번 나가 보고 모임에서 나왔다. 책 이야기보다 사적인 수다가 많은 모임이었다. 기존 회원끼리 주고받는 대화에 끼기가 어려웠다. 탈퇴 후 바로 다른 독서모임을 찾아보았고, 제법 진중해 보이는 모임에 가입했다. 하지만 정모에 참석한 뒤 고민에 빠졌다. 읽기 동기 부여도 확실하고 배울 것도 꽤 많은 모임이지만, 너무 학구적인 분위기가 부담이 되었다. 사람들과 말 섞기도 부담스럽고 사회자의 질문에 대답을 제대로 못 할까 봐 불안하기도 했다. 두어 번인가 더 정모에 나간 뒤, 유령처럼 모임에 남아 있다가 강퇴당했다.

그렇다고 가입했던 독서모임이 다 별로였던 건 아니다. 모임마다 나름의 장점과 구성원들이 만족해하는 부분이 분명 있었다. 그렇다 보니 '왜 나는 그 모임에 정착하지 못할까? 혹시 내가 문제인 건가? 나는 정말 마음 맞는 지인과만 독서모임을 해야 하는 걸까?' 하는 생각도 들었다. 나와 잘 맞는 독서모임 찾기가 어려웠지만, 독서모임에 대한 필요와 기대가 완전히 꺼진 건 아니어서 원하는 모임을 찾는 모험은 꾸준히 이루어졌다.

분명 도움이 될 것이라 믿었기에 모임을 바꾸게 되더라도 꾸준히 독서모임에 참여하려고 했다. 하지만 할 때마다 뻘쭘하게 만드는 자기소개, 낯선 사람들과의 어색한 대화, 기존 회원의 은근한 텃세와 애매한 친한 척은 피로감으로 다가왔다. 다시 모임을 꾸려 보는 게 어떨까 하는 고민이 시작됐다. 그렇다고 이전처럼 지인 위주의 모임은 하고 싶지 않았다. 그동안 경험했던 모임들을 떠올리며 내가 진짜로 참여하고 싶은 모임의 모습을 곰곰이 생각해 봤다.

진짜로 원하는 모임이 뭐임?

누구든 독서모임을 꾸리려고 한다면 우선 자신이 모임에서 무엇을 얻고자 하는지 생각해 봐야 한다. 목적이 뚜렷할수록 모임을 더욱 구체적으로 구상할 수 있고, 비슷한 동기를 가진 사람을 모을 가능성이 커질 테니까. 그렇다면 이미 독서모임을 운영 중인 사람들은 어떤 목적으로 모임을 꾸리고 운영하는 걸까? 독서모임 운영자들에게 물었다. 대부분 한 가지만 꼽기 어렵다며 다양한 의견을 들려주었다.

그들은 왜 독서모임을 만들었나

- 독서 – 고전 읽기. 많이, 골고루, 꾸준히 읽기 위한 동기 부여. 한 권이라도 제대로 읽기. 미지의 책을 다양한 사람과 함께 탐험하듯 읽기. 장르 문학 도장 깨기. 독서 루틴 마련
- 친교 – 다양한 사람들과 어울림. 비슷한 가치를 품은 사람들과 꾸준한 교류. 취향이 비슷한 이성을 만날 가능성. 외로움을 극복하기 위한 활동. 다른 직군의 사람을 만날 가능성. 동네 사람 알아 가기
- 성장 – 지식과 교양 쌓기. 세상을 보는 눈 확장. 독서력 향상. 사람들과의 다양한 소통을 통한 내적 성장. 골고루 읽고 이야기 나누며 힐링. 잘 모르고 있던 가치에 대해 알아보기

- 공부 – 시험 준비. 혼자서는 안 하게 되는 공부에 동기 부여. 잘 모르는 분야를 함께 공부하는 재미. 실력자의 도움 받기. 무엇을 공부해야 하는지 알기. 아이들 공부에 도움 주기
- 자기 개발 – 재테크 지식 늘리기. 업무 관련 정보 공유. 생각 정리가 수월해짐. 여러 사람 앞에서 말하는 능력 향상. 독서모임을 꾸려 보는 경험
- 토의, 토론 – 같은 것을 읽고 다른 생각을 나누는 묘미. 지식을 뽐내며 인정받고 싶은 욕구 충족. 다른 영역 사람의 생각을 들여다보는 재미. 흥미로운 논쟁 구경

독서모임 참여 목적을 한두 가지로 단순화하거나 수치화할 수는 없겠지만, 독서모임을 기획하는 입장에서 유독 쏠리는 가치가 있기 마련이다. 이는 앞으로 모임에서 함께할 사람들에게 던지는 제안의 바탕이 될 것이기에 꼼꼼하게 짚어 볼 필요가 있다. 목적이 뚜렷할수록 만들고자 하는 모임의 규모나 적절한 운영 방법을 가늠하기가 수월해진다. 모임의 방향성이 잘 드러날수록 마음이 잘 맞는 구성원을 맞이할 가능성도 커진다. 그렇게 탄탄한 모임은 시작된다.

☺

관심 없는 그들,
가입하려는 이들

 주변에 독서모임 활동을 하는 사람이 얼마나 되는지 확인해 보자. 생각보다 적어서 놀랄지도 모르겠다. 문학 관련 전공에 책과 가까운 일을 하는 내 주변에는 나름 책과 친숙한 사람이 많다고 할 수 있다. 그런데 친구나 직장 사람들에게 물어도 독서모임에 참여하는 사람은 보이지 않았다. 독서모임에 관해 궁금한 점이 있어서 독서모임 경험이 있는 사람을 찾기도 하고 지인들에게 추천해 달라고도 했는데, 예상보다 독서모임 회원을 만나기 어려웠다. 사람들은 왜 독서모임을 하지 않을까? 독서모임에서 활동하는 사람들이 모임에 가입한 이유는 뭘까? 독서모임을 꾸리려는 사람이라면 이런 질문과 대답을 통해 유용한 힌트를 얻을 수 있을 것이다.

독서모임에 관심 없는 사람들

요즘 독서모임 관련 앱이나 커뮤니티가 조금씩 늘어나고 있다. 하지만 안타깝게도 독서모임에 가입하려는 사람은 여전히 많지 않은 듯하다. 문화관광부가 발표한「2021 국민독서실태조사」에서 성인의 "독서동아리 참여율"을 보면, 1년간 독서동아리 참여 경험이 있는 사람이 전체 대상자(6,000명)의 0.9%인 53명에 불과하다. 코로나19의 영향이라고 생각할 수도 있겠지만, 코로나가 없던 2019년에도 성인의 독서동아리 참여율은 전체 대상자(6,000명)의 1.7%밖에 되지 않았다. 또한 성인의 "연간 종합 독서량(종이책+전자책+오디오 북)"을 보면 전체 평균이 4.5권이다. 심지어 성인 10명 중 5명 이상은 1년에 책 한 권도 읽지 않는다고 답했다. 책을 아예 읽지 않는 사람이 많으니, 독서모임을 경험한 사람이 적은 게 당연해 보인다.

「2021 국민독서실태조사」를 잘 살펴보면 독서모임에 참여하지 않는 사람들의 생각도 확인할 수 있다. 독서동아리(모임) 비참여자 5,947명을 대상으로 독서동아리에 참여하지 않는 이유를 물었더니 "책 읽기에 관심이 없어서"라는 대답이 37.8%로 가장 많았다. 이 결과는 앞서 확인한 1년 동안 책을 아예 읽지 않은 사람이 전체 조사자의 반 이상이라는 결과와도 연결된다. 이어서 "참여할 만한 기회가 없어서", "참여하고 싶은 모임이 없어서",

"독서동아리 정보를 알지 못해서"라고 답한 사람이 각각 23.4%, 12.0%, 11.3%로 나타났다.

책 읽기에 관심을 가지는 성인이 갑자기 늘거나 성인 독서량이 폭풍 증가할 가능성은 적다. 그렇기에 독서모임에 참여하려는 사람이 급격하게 늘어나는 극적인 상황은 일어나지 않을 것이다. 다만 독서모임에 참여하는 사람의 수를 점진적으로 늘릴 가능성은 충분히 있어 보인다. "참여할 만한 기회가 없어서", "참여하고 싶은 모임이 없어서" 독서모임 활동을 안 하는 사람이 20%나 되니 말이다. 독서모임의 긍정적인 부분과 참신한 콘텐츠를 적극적으로 알리고, 기존 독서모임 참여자들이 꾸준히 활동하는 모습을 보인다면 분명히 독서모임으로 다가오는 사람이 늘어날 것이다.

독서모임에 가입하려는 사람들

앞선 조사에서 확인할 수 있듯이 독서에 관심 없는 사람은 많고, 독서모임에 참여하는 사람은 아주 적은 편이다. 그렇다면 사람들은 왜 독서모임에 나갈까? 독서모임을 함께했던 사람들이 독서모임에 가입하면서 적은 내용을 모아 봤다.

독서모임을 찾은 이유

"그동안 책을 멀리했는데 가까이해 보려고요."

"책을 열심히 읽으려고요."

"책을 좋아하는데 읽는 범위가 한정적이라 더 다양한 책을 접해 보고 싶어요."

"꾸준하게 다양한 독서를 하고 생각을 나눌 기회가 되었으면 좋겠네요."

"함께 읽고 나누고 싶어서요."

"의식적 책 읽기와 교류."

"기간을 두고 몇 권씩 책을 읽고 싶어요. 지적인 대화를 해 본 게 너무 오래전이라서요."

"달라지고 싶어서요."

"세상을 바라보는 시각을 넓히고 싶습니다."

"책 읽는 거 좋아해요. 혼자 읽고 마는 것보다 말로 얘기하면 생각이 잘 정리되고 기억에 남더라고요. 제가 생각하지 못했던 여러 의견을 듣는 것도 재밌고요."

"같은 글을 읽고 서로 생각을 공유하고, 공감하는 사람이 있다면 행복할 것 같아서요."

"다양한 시각으로 세상을 바라보는 분들과 소통하고 싶습니다."

"평소 접하지 못했던 다양한 책을 추천받고 싶어요."

"책을 제대로 읽고 싶습니다."

보다시피 독서모임을 향한 사람들의 기대는 예상을 크게 벗어나지 않는다. 핵심은 책, 독서, 소통이다. 독서모임을 꾸리려는 사람도 비슷할 것이다. 독서모임에 참여하려는 사람 대부분은 원하는 모임의 명확한 기준이 있다기보다 막연한 기대감을 가진 편이다. 끌리는 모임에 참여해 보면서 그 모임에 애써 적응하기도 하고, 자신에게 맞는 모임을 찾을 때까지 성격이 다른 모임을 골고루 접해 보기도 한다.

그러니 너무 회원들을 의식해서 모임을 꾸릴 필요는 없다. 오히려 사람들이 가입하기 전에 참고할 수 있도록 모임 성격을 잘 드러내는 것이 중요하다. 그래야 가입한 후 쉽게 이탈하는 사람을 줄일 수 있다. 당장은 가입자가 적을 수도 있겠지만, 꾸준히 운영하고 시행착오를 겪다 보면 잘 맞는 사람이 나타날 것이다. 그렇게 함께하는 사람이 늘어나면 그들과 소통하면서 모임 방향을 필요에 맞게 수정해 나가면 된다.

☺
시작하는 모임을 위한
소소한 팁

   독서모임 좀 참여해 본 사람이 모임을 연다고 하면 별로 어렵지 않을 것 같지만, 꼭 그렇지만은 않다. 모임을 운영하는 사람은 참여만 하는 사람에게는 미치지 않는 고민을 갖기도 하고 번거로운 준비를 하기도 한다. 특히 모임의 틀을 잡아야 하는 시작 단계에서는 인원, 시간, 장소, 비용 등 당연하게 여겨지는 것들에 관해서도 일일이 결정을 내려야 한다.

   모임을 꾸리기 전에는 어떤 책을 읽고 어떻게 이야기 나눌지 등 주요 활동부터 떠올리게 된다. 하지만 막상 모임을 시작하면 신경 써야 할 사소한 것들이 적지 않다. 어떻게 출발하든 부족한 부분을 긍정적으로 수정해 나가겠지만, 너무 준비 없이 시작하면 나 혼자 하는 모임이 될 수도 있으니 우선 필요한 것들을 꼼꼼히 따져 봐야 한다. 모임을 처음 시작하는 사람들이 궁금해할 만한 내용을 모아 봤다.

회원 모집은 어디서?

되도록 많은 사람이 가입하길 원한다면 모임이 잘 노출될 수 있는 곳 위주로 회원 모집 공지를 올리는 것이 좋다. 주요 포털 사이트의 블로그, 카페, SNS를 활용하면 독서모임에 가입하려는 사람이 검색을 통해 찾을 수 있다.

'소모임Somoim', '플라이북Flybook' 등과 같은 모바일 앱을 통해 모임을 개설할 수도 있다. 이런 공간에는 독서모임에 가입하려는 사람들이 많다. 그리고 시작하는 독서모임을 쉽게 알릴 수 있어서 회원 모집이 수월한 편이다. 다만 유지 비용이 발생할 수도 있다.

모임의 활동 거점이 될 만한 책방이나 공공 도서관을 알아보고, 그곳을 통해 회원을 모을 수도 있다. 책방 운영자나 도서관 독서동아리 담당자의 도움을 받아 각 SNS나 사이트의 게시판을 활용하고, 현장에 모집 공고나 포스터를 직접 붙여서 홍보할 수도 있다.

모임 소개글은 어떻게 쓸까?

모임 이름과 소개글은 회원들을 끌어당길 수 있는 가장 앞장선 도구다. 모임의 첫인상을 좌우하기에 너무 대충 만들어서는 안 된다. 모임의 정체성을 드러내고, 참여할 경우 얻을 수 있는 기대 효과를 도드라지게 전달해야 한다. 모임 이름이나 로고를 이미지로 시각화하면 잠재 회원에게 좀 더 호감을 줄 수 있다.

모임을 글로 표현하려면

- 모임을 시작한 동기를 간략하게 적는다.
- 꾸준한 독서, 깊이 있는 소통, 다채로운 모임 콘텐츠 등 가장 중시하는 가치를 담은 키워드를 제시한다.
- 여성 독서모임, 고전 읽기 모임, 직업별 읽기 모임 등 다른 모임과의 차별성이 있다면 부각한다.
- 모임 주기, 정모 불참 시 페널티 등 주요 규칙을 제시하여 신중한 가입을 독려한다.
- 간결함을 염두에 두고 쓴다. 긴 줄글보다는 항목을 나눠서 압축해 표현한다.
- 맞춤법에 신경 쓰자. 올리기 전 맞춤법 검사기로 확인한다.
- 많은 수식어로 포장하기보다 모임에 대한 솔직한 생각을 전달한다.

- '좋은 사람의 좋은 모임', '뜨거운 토론', '즐거운 소통 시간' 등 진부한 표현은 삼간다.
- 그림, 사진 등 시각화된 내용을 첨부할 수 있다면 적극 활용하되, 글을 삼키는 현란한 이미지 사용은 피한다.

모임의 적정 인원은?

포털 사이트나 모임 관련 앱에서 현재 운영되고 있는 독서모임을 찾아보면 회원 수가 제각각이라는 걸 쉽게 알 수 있다. 회원이 100명 가까이 되는 모임도 있지만, 3~5명으로 이루어진 모임도 있다. 회원 수에 영향을 미치는 요인으로는 모임의 지속 기간, 노출도, 독서 목적, 콘텐츠, 운영진의 지향점, 모임 지역, 회원의 성비나 평균 연령층 등이 있다. 시작한 지 얼마 안 되었거나 홍보가 잘 안돼서 회원 수가 운영자의 기대에 못 미치는 모임도 있지만, 가입 희망자가 운영자의 예상보다 많아서 회원 수를 일정한 수준으로 관리하는 모임도 있다.

회원 수는 모임 활성화에 많은 영향을 미치기 때문에 인원을 적절하게 유지하는 것이 중요하다. 적당함의 기준은 모임의 지향점이나 현실적인 여건을 고려해서 정해야 한다. 우선 생각해 봐야할 것은 정모 시 매끄러운 진행과 참여자들의 원활한 소통이 가능할 정도의 인원수다. 그 수준이 계산된다면 전체 회원 수는 그보다 많게 정하는 것이 좋다. 모든 회원이 매번 정모에 참여하기도 어렵거니와 언제든 탈퇴하는 사람이 생길 수 있기 때문이다.

그렇다고 회원 수가 지나치게 많은 게 좋은 것은 아니다. 전체 회원 수와 정모에 참여하는 평균 인원의 차이가 크다면 전체 회원의 모임 참여율은 떨어지는 것이므로 모임 활동이 일부 회원 위주로 이루어진다는 뜻일 수 있다. 또는 정모에 나가고 싶지만, 인원수 제한으로 참여하지 못해서 불만인 사람이 생길 수도 있다. 그러므로 정모 참여 인원을 꾸준히 체크하면서 전체 회원 수를 조절하는 것이 좋다.

모임 목적이 뚜렷하다면 정모 시 적절한 인원을 어느 정도 예측할 수 있다. 인문학 읽기, 고전 강독 등 깊게 읽기를 하려는 모임이라면 6명 이내의 소수가 적합하다. 이런 모임은 인원이 적을수록 참여자들이 책임감을 느끼기 때문에 완독률과 참여도가 높아지는 편이다. 그리고 소통의 제약이 적은 편이라 특정 주제를 자세하게 다룰 수도 있다. 다만 적은 인원으로 진행하다 보면 참여자들 사이에 반복되는 화제나 예상되는 대화 흐름 등으로 모임이 지루하게 느껴질 수도 있다.

친교나 토론이 주가 되는 모임이라면 8~10명이 적당하다. 사람이 많이 모이면 참여자의 태도가 달라지고 긍정적인 긴장감을 돋운다. 또한 서로 다른 시선과 이야깃거리가 한데 어우러져서 모임이 다채롭고 흥미롭게 이루어진다. 다만 두 자릿수 이상의 사람이 모이면 각 회원의 발언 기회가 줄어들기 때문에 집중도가 떨어지기도 하고, 몇몇 회원끼리 무리 지어 따로 이야기를 나누면서 분위기가 산만해지기도 한다. 10명이 넘는 인원이 모인다면 팀을 나누고 주도할 사람을 정해 팀별로 진행하는 것도 좋다.

모임하기 좋은 장소는?

모임 운영자는 첫 정모를 앞두고 거점과 모임을 진행하기 적합한 장소를 알아봐야 한다. 모임 특성, 구성원 성향에 따라 필요한 공간이 다를 수밖에 없다. 되도록 여러 곳을 살펴보는 게 좋은데, 공간 이용자의 리뷰를 보거나 직접 방문해서 둘러보고 그 공간이 모임에 적합한 곳인지 체크해야 한다. 독서모임은 카페, 공유 오피스, 스터디 룸, 공공 도서관, 동네 책방, 렌털 스튜디오 등에서 진행할 수 있다. 정모마다 참여 인원이나 프로그램이 바뀔 수도 있기에 각기 다른 상황에 적합한 모임 공간을 알아 두는 것이 좋다.

특정 회원의 집이나 작업실을 이용할 수 있는지도 확인해 보자. 개인 공간에서 모이면 조용하고 편안한 분위기에서 이야기를 나눌 수 있다. 음료나 음식 등을 나누기에도 부담이 덜하다. 그리고 회원들의 유대감이 더 깊어진다. 기꺼이 개인 공간을 내어 줄 회원이 있는지 알아보고, 가능한 회원이 여러 명이라면 공간을 바꿔 가면서 모임을 진행하면 좋다. 정모를 개인 공간에서 하면 불편하게 여기는 참여자가 있을 수 있으니 회원들의 반응도 살펴야 한다. 때로는 가까운 공원에 모여 돗자리를 깔고 앉아 이야기를 나누거나, 함께 읽는 책과 관련된 장소에서 정모를 진행하면 회원들의 만족도가 높아진다.

장소를 정할 때 체크할 사항

- 참여 인원을 넉넉하게 수용할 수 있는 공간
- 독립된 공간인지, 트여 있는 공간인지 여부
- 소음의 정도와 조명의 밝기
- 오래 앉아 있기에 적합한 의자와 테이블 크기
- 정모 진행하는 날과 같은 요일, 시간대의 분위기
- 빔 프로젝터, 화이트보드 설치 및 사용 가능 여부
- 냉난방 관리와 화장실 상태
- 이용 가능한 시간과 예약 가능 여부
- 대여 비용 혹은 기본 메뉴의 가격대
- 음료의 다양성, 음식 반입 가능 여부
- 대중교통 혹은 주차 편의성
- 주변 음식점이나 뒤풀이 장소

모임 일정은?

회원들의 기대, 참여도, 독서력, 참석 가능 시간, 운영자의 상황 등을 고려해 모임 주기 및 적절한 요일과 날짜 등을 정한다. 모임 주기와 시간은 되도록 일정하게 하고 미리 공지하는 것이 좋다. 그래야 회원들이 모임 참여를 위해 미리 일정을 조정할 수 있다. '매주 목요일 저녁 8시', '매달 둘째 넷째 주 토요일'처럼 모임 일정을 규칙으로 정해 놓으면 회원들의 스케줄표에 일정하게 '독서모임'이 체크될 수도 있다.

참여 가능한 날짜나 시간을 투표로 정해도 좋다. 가장 많은 사람이 참석할 수 있는 날에 정모를 진행하면 된다. 정규 모임 외에 별도로 소모임을 만들어 운영한다든지, 가벼운 친교 모임을 가지면 회원들의 모임에 대한 관심과 모임 활동 참여를 유도할 수 있다.

☺
어쩌나
수상한 가입자

  지인 위주로 모임을 꾸리거나 제한된 영역에서 어느 정도 짐작 가능한 회원을 모집하는 경우가 아니라면, 운영자는 미지의 낯선 사람을 회원으로 맞아야 한다. 함께할 의사를 내비친 사람들이 운영자가 기다리던 회원일 가능성은? 알 수 없다. 다만 예상하지 못한 유형의 사람을 접할 수도 있다는 점을 염두에 두자. 모임 소개글이나 주요 규칙 등을 자세하게 공개해 놓았는데도 전혀 확인하지 않고 가입하는 사람이 의외로 많다.

  어떻게 대응해야 할지 고민하게 만드는 사람도 있다. 특정인을 이렇다 저렇다 평가하거나 선을 그으려는 것이 아니다. 단지 모임을 함께하면 불편할 것 같은 사람과의 만남을 피하려는 것인데, 생각대로 되지 않는다. 혹시 의외의 이들과 대면하게 된다면 직접 만나니 반갑다며 웃을 수 있기를!

운영자를 난감하게 하는 가입자 유형

- 성인이 된 이후로 책 한 권 제대로 읽은 적이 없다면서 책 좀 읽어 보려고 나왔다는 사람
- 가입 후 첫 모임에 아무 말 없이 30분씩 지각한 사람
- 첫 모임 뒤풀이에서 음식을 실컷 먹고는 비용 정산도 안 하고 탈퇴한 사람
- 첫 모임 후 개인 연락처를 묻거나 개인 톡으로 특정 회원에게 메시지 보낸 사람
- 모임 중간에 휴대폰 들고 말도 없이 사라진 사람
- 처음엔 반가워하더니 모임 다음 날 탈퇴한 기존 회원의 동창
- 알고 봤더니 기존 회원과 소개팅으로 만난 적 있는 사이
- 모든 이야기를 특정 종교로 연결하는 독실한 종교인
- 자신은 아는 게 없으니 듣기만 하겠다는 사람
- 이 모임은 어떻게 운영되는지 궁금해서 한번 와 봤다는 다른 모임의 회원
- "전에 나갔던 모임에서는요…." 모임 비교에 진심인 모임 다경험자
- 독서동아리 관련 논문을 쓰려는지 내내 관중, 서기 모드를 유지한 연구자
- 세대 차이의 벽을 실감하게 만든 높은 연령대의 어르신

첫 만남부터 의외의 모습을 보이는 이들을 보며 헛웃음이 나기도 하고 더러는 화가 나기도 했지만, 티를 낼 수는 없었다. 가끔은 힘겹게 모임을 치르고 난 다음에 친한 회원과 뒷담화를 하며 불쾌를 녹이기도 했다. 보기에 따라 저들이 무슨 문제가 될까 싶을 수도 있다. 어떤 불편함은 개인 성향에 기인하기도 한다. 누군가에겐 꽤 신경 쓰이는 사람이 누군가에게는 그저 조금 다른 사람일 수도 있는 거니까.

이런 부분에서 운영자는 고민에 빠지기도 한다. 처음 만나는 사람에게 느끼는 불편함이 개인적인 불호 때문인지, 누구나 수긍할 만한 비매너 때문인지를 판단해야 하므로. 운영자가 개인적으로 어떤 판단을 내리든 그에 대해 무언가를 결정해야 한다면 모임 규칙에 근거하거나 기존 회원들과의 소통을 거쳐야 한다. 만약 그가 모임 분위기를 망치기에 강퇴 조치가 필요하다는 결론이 난다면 그에게 정중하게 그 뜻을 전달하면 된다.

때때로 기존 회원 간에 의견이 엇갈리는 일도 있다. 특정 회원의 태도가 모임 흐름을 방해하거나 모임과 어울리지 않는다는 견해와 그건 너무 예민한 반응이라거나 모임이 폐쇄적으로 보일 수 있다는 의견이 부딪치는 것이다. 이런 상황에 정답은 없다. 각 모임의 성격에 맞게 결정할 수밖에 없다.

내가 활동했던 모임에서도 상황에 따라 결정이 달랐다. 모임마다 책 좀 읽어 보려고 독서모임에 가입하는 사람이 적지 않다. 그들 중에는 독서를 액세서리처럼 여기는 사람도 있었고, 독서 취향이나 문해력이 기존 회원과 많이 달라서 대화를 잇기가 어려운 사람도 있었다. 그들에겐 조심스럽게 좀 더 잘 맞는 모임이 있을 거라고 말했다. 시간 약속을 지키지 않거나 고자세인 사람은 별말 없어도 알아서 모임을 나가곤 했다.

제일 까다로운 경우는 남다른 의도를 품고 모임에 가입한 사람이다. 이런 사람은 보통 자신의 숨은 의도를 드러내지 않는다. 은연중에 티가 나거나 나중에서야 이야기하다 알게 되는 경우가 많다. 염탐이든 참고든 체험이든 그들의 의도가 모임에 큰 방해가 되지는 않기에 문제 삼기도 쉽지 않다. 다만 알게 되면 괜히 찝찝해진다. 이런 사람은 모임에서 한 철도 안 지내고 떠나곤 한다. 목적은 달성했으려나…. 어쨌거나 얄밉다.

이렇게 서로가 불편해지는 상황을 방지하기 위해 모임 문을 두드리는 이에게 몇 가지 물어보면 어떨까? 그의 답변을 살펴보고 모임을 함께해도 괜찮을지 가늠해 보면 어떨까? 만약 모임과 잘 어울리지 않을 것 같다고 여겨지면 가입을 정중하게 거절하는 게 낫지 않을까? 이런 선택이 그와 모임 모두를 위해 더 필요하지 않을까? 그에게 더 잘 어울리는 모임을 찾을 기회를 주는 것이기도 하니까.

- 연령대, 성별, 거주지: 큰 나이 차이에서 오는 소통의 부담 방지. 특정 성별 위주의 모임이거나 성별 균형을 염두에 둔 모임일 경우 참고. 모임 참여가 가능한 지역인지 가늠

- 독서모임에 가입하려는 이유: 독서모임의 방향과 답변자의 가입 목적이 차이가 난다면 이를 인지시키고 가입 의사 재차 확인

- 여러 모임 중에서 우리 모임에 가입하려는 이유: 모임의 지향점 파악, 모임에서 제시한 최소 가입 기준 파악 여부 확인

- 모임에 바라는 것 / 좋은 독서모임의 요건: 모임에 대한 기대치와 참여도 예측. 더 나은 모임을 만들기 위한 참고 자료

- 평균 독서량(1달 혹은 1년), 최근 읽은 책 중 가장 인상 깊었던 것: 독서 수준이나 성향 파악(차이가 크면 대화가 어려움)

- 인생 책 / 좋아하는 작가 / 평소 관심 있는 분야: 독서 취향과 관심사 파악. 친밀감을 높이는 재료로 활용

- 독서모임에서 함께 읽고 싶은 책 / 함께하면 좋은 활동: 독서의 적극성 가늠, 아이디어 공유

- 읽을 책을 고르는 본인만의 기준: 독서력 짐작, 취향 공유

- 모임 불참 시 페널티로 적절한 것: 모임의 주요 규칙 환기, 아이디어 공유

- 정모 참여 가능성: 보통의 정모 일정 제시 후 꾸준한 참여 가능 여부 확인(모임 소개글에 안내해도 안 읽는 경우가 많음)

　질문을 던지고 답변을 요구하는 것이 시험처럼 여겨져 불쾌해하는 사람이 있을지 모른다. 하지만 모임 운영자로서는 무책임한 가입이 그저 못마땅하다. 모집 공지를 통해 누구나 확인할 수 있도록 나름대로 모임을 소개했으니 상대에게도 최소한의 정보는 요구할 수 있지 않을까? 답변자가 너무 곤란해하지 않을 정도의 질문을, 그에 대해 알고 싶은 만큼만 만들어서 건넨다면 실례는 아닐 것이다.

　내가 운영하던 모임에서는 앞서 밝힌 몇 가지 질문으로 소모적인 상황을 피해 가곤 했다. 모든 질문에 한두 단어로 무성의하게 답한 사람, 자기 계발서 위주로 읽고 싶어 하는 사람, 정모 시간을 맞추기 어려운 사람, 독서보다 친목을 바라는 사람 등에게 정중하게 거절 의사를 전했다. 어떤 사람에게는 잘 맞을 것 같은 모임을 추천해 주기도 했다.

　때로는 신규 가입자의 답변이 모임에 긍정적인 영향을 주기도 했다. 그가 추천한 책을 함께 읽거나 제안한 활동을 시도해 보기도 했고, 독서모임을 대하는 진지한 태도에 나를 돌아보기도 했다. 질문과 답변을 통해 그에게 한 발짝 다가가는 계기가 되기도 했다. 그러니 가입 인사를 형식적으로만 여기지 말고 더 나은 모임을 꾸리기 위한 도구로 적절히 활용하자.

☺

꼼꼼한 모임 규칙의
유용한 쓰임새

어떤 모임이든 나름의 규칙이 있다. 운영자나 운영진의 의견 위주로 만들었을 수도 있고, 모든 회원의 생각을 수렴하여 구성 했을 수도 있다. 그렇게 각 모임의 규칙에는 모임의 특징이나 구 성원의 성향이 반영되곤 한다. 규칙을 최소한으로 정하고 구두 로 공지하는 모임도 있는 반면, 꼼꼼하게 만들어 명문화한 후 엄 격하게 적용하는 모임도 있다. 전자는 주로 지인 위주거나 회사 나 단체 등 한정된 영역에서 소수로 이루어진 모임이다. 후자는 익명의 회원을 꾸준히 맞이하는 모임인 경우가 많다. 규칙은 운 영에 필요한 만큼 만들어서 상황에 맞춰 활용하면 모임 활성화에 도움이 된다.

모임 규칙으로 정모 시 에티켓, 모임 시간, 횟수, 책 선정 방법, 발제 방법, 모임장 선정 방식 및 임기, 회비, 뒤풀이, 페널티, 강제 퇴장 등을 정할 수 있다. 세부 항목은 구성원들의 합의를 통해 혹은 모임장이나 운영진이 교체될 때 바뀌기도 한다. 여러 규칙 중 대부분 모임에서 가장 만들기 어려워하는 항목이 바로 정모 불참 시 페널티와 강제 퇴장 사유다. 회원들의 참여도나 모임의 신뢰도를 좌우할 수 있기에 매우 중요하지만, 회원들 간에 이견이 있는 경우도 많고 막상 적용하려면 심적 부담도 생기기 때문이다. 이 항목을 포함해서 모임 규칙을 만들 때 참고할 만한 내용을 모아 봤다.

신규 회원 대상 규칙

새로운 회원에게는 적극적인 활동을 기대하기 마련이지만, 일단 가입만 해 놓고 모임 참여를 미루는 회원도 있다. 신규 회원은 서로 잘 모르기도 하고 자세히 묻기에는 어색한 사이라 적극적인 활동을 권하기도 쉽지 않다. 이런 상황에 적용할 수 있는 규칙이 있다.

신규 회원 관리

- 가입 후 하루 혹은 3일 등 일정 기간 내에 가입 인사를 꼭 쓰도록 한다.

- 준회원으로 가입한 후 일정 기간이 지나면 정회원이 될 수 있게 한다.
- 모임 참석은 가입 후 이뤄지는 모임 2~3회 이내에 할 수 있도록 한다. 부득이하게 불참하는 경우에 대체할 수 있는 활동 기준을 마련해 제시한다.
- 회비가 있는 모임이라면 가입과 동시에 회비를 걷는다.(탈퇴 시 환불 불가 명시)
- 가입 후 3~6개월 이내 탈퇴 시 재가입 불가를 분명히 한다.

이러한 규칙은 신규 회원에게 활발한 활동을 독려하고 기존 회원들과 잘 어울릴 수 있도록 참여를 유도하기 위한 것이다. 그러므로 신규 회원에게 취지를 잘 전달해야 한다. 규칙을 꼼꼼히 살피지 않고 가입한 회원이 있을 수 있으니 이런 내용이 있다는 점을 분명하게 안내한다.

모임 출석 규칙

가입 직후의 회원은 대체로 적극적으로 활동하는 편이나, 어느 정도 시간이 지나면 모임 참여에 소홀해지곤 한다. 가입되어 있으나 얼굴 보기 힘든 유령 회원이 늘어나고 참석 인원이 눈에 띄게 줄어드는 상황에 이르렀다면 운영자는 꽤 현실적인 출석 규칙

카드를 꺼내 들 수밖에 없다.

　출석 규칙은 모임 불참 시 페널티가 핵심인데, 이에 대해서는 회원마다 의견이 엇갈리고 민감하게 여기는 편이다. 그래서 회원들의 의견을 듣고 반영해 규칙을 정하되, 명확한 기준을 제시하고 시범 적용 기간을 갖는 게 좋다. 참여했던 한 모임에서 정모에 불참하면 정모 책을 읽고 독후감을 써서 모임 게시판에 올리기로 정한 적이 있다. 다수의 동의로 시행했는데 두세 줄 평을 올리는 사람도 있었고, 인터넷 서점의 보도 자료를 대충 긁어서 올린 사람도 있었다. 부담을 느꼈는지 조용히 모임을 빠져나가는 사람도 있었다. 이처럼 괜찮아 보이고 다수가 찬성해서 규칙을 정했지만, 막상 적용해 보면 실효성이 없을 수도 있다. 그러니 회원들이 신경은 쓰되, 큰 부담은 느끼지 않는 선의 규칙을 정하기 위해 골고루 시도해 보고 결정하는 것이 좋다.

회원들의 정모 출석 관리

- 정모 당일에는 불참 통보를 금지한다.(부득이한 상황은 예외)
- 정모 불참 시 대체 활동을 정한다.(예: 정모 연속 2회 불참 시 리뷰 쓰기, 불참 횟수별 벌금, 도서 상품권 후원, 간식 사기, 발제 및 사회 보기 등)
- 대체 활동의 시한도 정한다.(예: 대체 활동은 연속 2회까지만 허용, 리뷰는 다음 정모 전까지 쓰기, 간식은 다음 정모 참여 시 추진 등)

- 정모 불참 페널티 적용 기준을 확실하게 정한다.(예: 대체 활동 없이 정모 연속 3회 불참 시 경고, 연속 5회 불참 시 혹은 경고 2회 누적 시 강퇴)
- '일시 정지' 혹은 '휴지기' 제도를 둬서 당장 참여가 어려운 회원을 대상으로는 페널티 적용을 일정 기간 유예한다.
- 꾸준히 참석하면 기존 페널티를 제한다.(예: 3~4회 연속 참석 시 페널티 1회 감면)

출석 규칙은 적용하기가 까다롭다. 정모 불참 대체 활동이 있는 경우 대상자를 일일이 체크해야 하고, 때로는 경고 혹은 강퇴라는 불편한 통보를 해야 하기 때문이다. 참석하기 어려운 사정이 있던 회원이 규칙 적용을 앞두고 뒤늦게 아쉬운 마음을 전하는 일도 있다. 그럼에도 이런 냉정은 회원들을 향한 관심이자 그들을 움직이게 하는 원동력이므로 꼭 필요하다.

완독 규칙

책을 안 읽고 정모에 참석하면 대화를 나누는 데 제약이 많다. 두껍거나 난해한 책일수록 완독하지 않고 정모에 참여하는 사람은 더 많아진다. 유독 신뢰할 만한 회원이 발제자인 경우에도 무임승차하는 사람이 평소보다 많다. 이런 상황이 반복되면 읽지 않고 오는 게 유행처럼 번지기도 한다. 이런저런 이유로 읽지 않는 사람들이 많아지면 독서모임을 온전히 진행하기가 어렵다. 따라서 회원들이 책 한 페이지라도 더 읽고 올 수 있도록 규칙을 마련할 필요가 있다.

함께 읽고 모이기 위한 제안

- 참여자 모두가 발제자가 되어 각자 발제지를 준비하도록 한다.
- 책의 파트를 나눠서 여러 참여자가 공동으로 발제하도록 한다.
- 모임 며칠 전에 각자 읽고 있는 부분을 공유하도록 한다.
- 완독하지 못한 회원에게 부여할 벌칙을 정한다.
- 완독자에게만 다음 책 선정 권한을 부여한다.

특정 시기나 책의 성격에 따라 책을 다 읽고 오는 사람 수가 달라진다. 모임 참여자 대부분의 완독이 힘들어 보인다면 일정을 연기하거나 다 같이 일부만 읽고 오는 방법을 시도할 수도 있다. 틈틈이 책에 관한 추가 정보나 책 속 좋은 구절 등을 공유해서 읽는 동기를 북돋는 것도 좋다.

독서모임에도 예의는 기본

독서모임도 다양한 사람이 모이는 곳이기에 어떤 일이든 일어
날 수 있다. 독서모임이라고 사람들이 다를 거라는 기대는 버리
자. 사람들끼리 싸우고, 뒤에서 헐뜯고, 교묘하게 특정 회원을 무
시하는 등 불편한 일을 독서모임에서도 볼 수 있다. 예의를 굳이
규칙으로 명시할 필요성을 느끼지 못할 수도 있지만, 선을 넘어
서는 상황을 실제로 마주하면 생각이 달라질 것이다. 규칙을 정
하는 것만으로 전시 효과를 거둘 수도 있으니 긍정적으로 고려해
보자.

기본적인 에티켓

- 정모 지각이나 무단결석을 금지한다.
- 정모 중 통화는 밖에서 한다.
- 발제지를 부실하게 만들거나 발제를 미루지 않는다.
- 욕설이나 특정 회원 비방을 금지한다.
- 대화 중 상대방 말을 끊지 않는다.
- 책 이야기 중에 종교, 정치 관련 이야기는 되도록 삼간다.
- 회원끼리 모임 이외의 일로 사적인 연락은 자제한다.
- 인사도 없이 잠수를 타거나 모임을 탈퇴하지 않는다.

2

책,
읽고 나누다

☺

책 선정,
어떻게 할까?

　책 좀 읽으려는 사람에게 책 선택은 대충 넘어갈 수 없는 일. 독
서가 일상인 사람이나 바쁜 시간을 쪼개 책에 집중하는 사람을
떠올려 보면 더욱 고개가 끄덕여질 것이다. 이런 사람들이 곳곳
의 독서모임에서 활약해서인지 독서모임에서의 책 선정은 사람
들 사이에 묘한 갈등을 일으키기도 하고, 낯선 기대를 만들기도
한다. 책 취향이 안 맞아 모임을 옮기는 사람도 적잖이 볼 수 있을
정도로 독서모임에서 책을 정하는 일은 중요하다.

　한 출판사의 시리즈, 특정 작가의 저서, 기관이나 전문가가 추
천하는 고전 등 읽을 책을 먼저 결정하고 활동을 시작하는 독서
모임도 있다. 하지만 많은 독서모임에서는 시기별, 상황별로 읽을
책을 정하곤 한다. 함께 읽을 책을 정하는 방법은 많지만, 어떤 방
법을 취하든 기본적으로 고려해야 할 사항들이 있다. 독서모임의

지향점에 부합하는지, 회원들의 읽기 수준에 적합한지(회원들의 완독 혹은 이해 가능성 검토), 여러 사람이 함께 이야기 나눌 만한 요소가 충분히 담겨 있는지, 논란이 될 만한 요소가 없는지 등을 따져 봐야 한다.

지정 도서 vs. 자유 도서

회원들이 각자 원하는 책을 가져와 현장에서 읽는 모임도 있다. 하지만 대부분 독서모임은 함께 읽을 책을 정해서 읽든 각자 원하는 책을 읽든, 회원들이 미리 책을 읽고 정모에 참석해 이야기 나누는 방식으로 진행된다.

함께 읽을 책을 정해서 모임을 하면 모든 모임 참가자가 알고 있는 내용으로 이야기를 나누기에 대화 몰입도가 높고, 각자 다른 의견을 접하는 재미를 누릴 수 있다. 그리고 한 권의 책을 폭넓게 살필 수 있으며, 특정 주제를 깊이 있게 논의할 수도 있다. 반면 선정된 책에 따라 정모 참여자 수가 들쑥날쑥하거나 감상이나 의견이 비슷해서 뻔한 대화로 흘러가기도 한다. 그만큼 책 선정을 잘해야 한다는 부담이 따른다.

각자 다른 책을 읽고 와서 모임을 하면 모든 참여자가 발제자가 되기 때문에 읽은 책을 정리할 동기가 생긴다. 또한 다양한 책과 작가를 소개받을 수 있어서 참여자들이 신선한 흥미를 느낄 수 있다. 하지만 각자의 책 소개 위주로 진행되다 보니 이야기 흐름이 자주 끊기고, 공감하기가 쉽지 않아 참여자들의 관심이 떨어질 수 있다. 간혹 준비가 부족한 참여자가 있으면 모임 분위기가 어색해질 수도 있고, 읽은 책에 관해 이야기하기를 부담스러워하는 회원도 있다.

두 가지 방식을 병행하는 모임도 있다. 함께 읽을 책 두세 권을 정하고 그중에서 각자 읽고 싶은 책을 한 권 이상 읽고 모여서 이야기를 나누는 것이다. 이런 방식을 취하되 특정 주제로 한정하면 그 주제에 관련된 책을 고르게 접하면서 깊이 있는 대화를 나눌 수 있다. 마찬가지로 몇 권을 정해서 읽기로 하되 책의 주제를 제한하지 않는다면 참여자가 읽고 싶은 책을 선택할 수 있고, 정모 참여자들은 각 책에 관한 정보와 여러 의견을 접할 수 있다. 이런 방식은 참여자의 독서 동기를 돋우는 데는 효과적이지만, 모임이 산만해지거나 이야기가 특정 책 위주로 쏠릴 우려가 있다. 간혹 몇 권의 책 중에서 모든 참여자가 같은 책을 읽고 오기도 한다. 그럴 땐 다 함께 하이 파이브!

책을 고르는 손

책을 정하는 주체가 분명하고 일정하면 회원 투표 절차를 거를 수 있고 특정 책 선정을 둘러싼 불협화와 일부 회원의 계략을 피할 수 있어서 운영이 편하다. 그리고 책 고르는 사람이 자신 혹은 회원들을 염두에 두고 책을 살펴보기 때문에 회원 다수가 아니라고 하는 책을 읽게 될 가능성이 줄어들기도 한다. 하지만 나름 애써서 고른 책인데도 읽은 회원들 반응이 대체로 별로라면 책을 선정한 사람은 회원들의 실망 섞인 말글이나 부루퉁한 표정을 감내해야 한다. 특정인의 취향에 치우친 책이 연속으로 채택될 경우 다른 회원들의 불만이 커지기도 한다. 그러므로 모임 상황을 감안하고 회원들 생각을 들어 보고 적절한 방법을 시도해 보는 것이 좋다.

운영자의 선정

운영자 주도로 운영되고, 회원들이 운영자를 깊이 신뢰하는 독서모임에서 흔히 취하는 방식이다. 이런 모임에서는 운영자가 시도하려는 기획이나 자신만의 기준에 근거해 읽을 책을 결정하곤 한다. 그래서 운영자에게 회원의 기대치를 충족시켜야 하는 책임이 따르기도 하고 책에 따라 참고 자료나 보충 설명 등의 준비가 요구되기도 한다. 반면에 운영자는 목표로 하는 읽기에 부합하게 모임을 이끌 수 있고, 모임 상황이나 회원 성향에 맞춰서 읽을 책을 유연하게 조절할 수 있다.

이런 모임의 운영자는 책 선정의 부담을 줄이고 회원들의 만족도를 높이기 위해 회원과 소통하면서 그들의 요구를 반영한 책을 틈틈이 살피려고 한다. 이런 방식이 운영자만 좀 애쓰면 큰 문제가 없을 것 같지만, 책 선정이 너무 한 사람의 취향에 편중되었다며 문제를 제기하는 신규 회원이 등장할 수도 있다. 이를 예방하기 위해 책 선정 방식의 취지를 가입 전에 확인할 수 있도록 한다. 간혹 운영자의 의도나 판단과는 달리 이런 방식에 불만을 가진 회원이 많을 수도 있다. 그러니 처음에는 일정 기간을 정해 운영해 보면서 회원들의 반응을 살핀다면 예기치 못한 엇박자를 피하는 데 도움이 될 것이다.

특정 회원의 선정

회원이 돌아가면서 책을 정하거나, 정모 때마다 참여자 중 한 명을 지정해 책을 선정하게 하거나, 이전 모임의 발제자에게 책 선정 권한을 주는 등의 방식이다. 이런 방식은 선정자에 따라 책이 확 바뀌기도 해서 궁금증을 유발하기도 한다. 또한 다양한 영역의 책을 접할 수도 있고, 평소에는 쳐다보지 않을 낯선 책을 읽게 되기도 한다. 회원들끼리 서로의 독서 성향을 파악할 수도 있어서 의외의 재미가 있다.

하지만 회원에 따라 책에 대한 호불호가 갈려서 정모 참여도가 들쑥날쑥해질 수도 있다. 또한 함께 이야기 나누기 애매한 책이 선정되어 정모를 고민하게 만들기도 한다. 간혹 읽은 책에 대한 불만 표출이 그 책을 선정한 사람을 향한 비난으로 전달돼서 정모 분위기가 싸늘해지기도 한다.

운영진의 선정

운영진끼리 회의를 해서 책을 선정하는 방식이다. 이는 특정인의 책 선정에 따른 회원들의 호불호 편차를 줄일 수 있다. 모임 구성원들의 독서 취향이나 성향에 대한 여러 사람의 판단을 바탕으로 논의가 이루어지기 때문에 대상 책이 모임 진행에 적합한지, 회원들의 참여도를 높일 수 있는지 등을 판단하는 데 효과적이다. 이에 더해 운영진의 각기 다른 성향이 책 선정에 반영된다면 더욱 다양한 분야의 책에 대해 논의할 수 있다. 책임도 분산되는 편이라 책 선정 주체의 부담이 덜하다.

하지만 운영진 간에 의견 차이가 크면 결정의 순간까지 책 선정의 늪에 빠지기도 하고, 자칫 불화가 생길 수도 있다. 운영자가 단독으로 선정할 때보다는 덜하지만, 회원이 운영진의 편향성을 꼬집을 수 있다는 점도 염두에 두자.

익숙하고 저항이 없어서 많은 모임에서 흔하게 활용하는 방식이다. 그런데 투표가 모든 모임에 잘 맞는 방법은 아니다. 회원들 성향에 따라 투표가 독이 되기도 한다. 독서 경험이 적거나 모임 참여에 소극적인 회원이 많으면 투표 결과가 고민거리가 될 수 있다. 투표는 뜨겁게 하고 읽기는 차갑게 거르는 회원이 많을 수 있기 때문이다. 가끔 함께 읽은 책에 투표한 사람보다 다른 책에 투표한 사람이 더 많이 참석한 정모도 겪게 된다. 그럴 때는 책에 대한 불만의 목소리가 크다. 투표의 장점을 잘 살리려면 투표를 진행하기 전에 후보 책의 적합성 기준을 세밀하게 정하고, 읽기에 영향을 미칠 만한 정보를 미리 충분하게 제시하는 것이 필요하다.

투표는 모임 게시판, 단톡방 등 온라인 공간을 활용하거나 대면 모임에서 거수 혹은 쪽지 등을 이용해 진행한다. 투표 과정이 생각처럼 간단하지 않을 수도 있다. 투표에 대한 관심이나 참여율이 지지부진할 수도 있고, 책으로 편 가르기가 나타나기도 하고, 투표를 위한 투표까지 필요할 때도 있다. 게다가 투표가 끝나면 결과를 정리해서 공지해야 하는 등 할 일이 적지 않기에 운영진이 함께 진행하는 것이 좋다.

각자 읽고 싶은 책 투표

우선 일정 기간 동안 회원들에게 각자 읽고 싶은 책을 공유하도록 한다. 책을 공유할 때는 함께 읽고 싶은 이유나 대략적인 책 정보를 제시하도록 한다. 그래야 표지가 좋아 보이는 책, 화젯거리가 된 책 등에 배신당하지 않는다. 책이 충분히 모이면 그 책들을 대상으로 투표를 진행한다. 자기도 잘 모르지만 그냥 읽고 싶어서 선택한 책, 누군가의 최애 작가 신작, 누구나 알 만한 베스트셀러, 예상외로 참신한 책, 기대 안 되는 범작, 믿고 보는 작가의 망작 등 다양한 책을 만날 수 있어서 꽤 흥미롭다. 하지만 어느 회원에게는 억지로 읽어야 하는 책의 연이은 당선, 특정 회원의 거센 입김, 반짝 투표 후 집단 무관심 등을 겪으면 선정 방식을 바꿔야 할지 고민하게 된다.

특정 주제·장르의 책 투표

계절, 모임 분위기, 해당 시기의 이슈 등을 반영해 다룰 만한 주제나 장르를 선정한다. 주제나 장르는 운영자가 고를 수도 있고, 회원들 의견을 모아서 정할 수도 있다. 이때 범위를 한정해서 세분화하면 회원들의 집중도가 높아지고, 책 선정에 관한 논의도 활발해진다. 가령 '여행책'보다는 '떠나고 싶게 만드는 여행 에세이'가, '심리학'보다는 '재밌게 읽을 수 있는 말랑말랑한 심리학'이 좋다. 회원들에게도 관심 있는 주제나 읽고 싶은 장르를 더 구체적으로 제시하게 한다. 그렇게 주제나 장르가 정해지면 그에 따라 각자 읽고 싶은 책을 공유하고, 일정 수의 책이 모이면 투표를 진행한다.

특정 회원이 모은 책 투표

한 회원이 책을 몇 권 정해서 공유하면 다른 회원은 그중에서 함께 읽고 싶은 책에 투표하는 방식이다. 이렇게 하면 회원들이 서로의 취향을 확인함으로써 더 가까워지기도 하고, 잘 모르는 분야의 책이나 작가를 접할 수도 있다. 그리고 회원들이 모임에 더 적극적으로 참여하게 하는 동기 부여도 된다. 하지만 함께 읽을 책을 혼자서 고르기가 부담스럽다는 사람이 있고, 본인 취향이 주목받는 걸 부끄러워하는 사람도 간혹 있다. 또한 특정 회원이 후보 책을 정했을 때 회원들의 투표 참여가 부진하거나 정모 참석률이 저조하면 책을 정한 회원이 서운함을 느낄 수도 있다. 이럴 때는 운영진의 적극적인 개입이 필요하다. 선정하는 회원을 비밀로 하거나, 그 회원의 후보 선정에 의견을 보태는 것이다. 만약 투표가 부진하다면 후보 책에 의미를 부여하거나, 투표한 책이 선정되면 투표자에게 소정의 선물을 주는 이벤트 등을 기획해 투표 참여를 독려한다.

외부 추천 도서 투표

모임 구성원이 책 선정에 부담을 느끼거나, 신뢰할 만한 책 선정 기준을 원하는 회원이 많거나, 특정 목록 읽기로 기획된 독서 모임에서는 회원들이 선호하고 관심 갖는 작가의 책이나 기관이 선정한 추천 도서를 선별해서 읽어 나가기도 한다. 특정 목록을 순서대로 읽는 경우도 있지만, 그 목록 중에서 투표를 거쳐 한 권을 결정하기도 한다.

일시적으로 외부 추천 도서를 활용하는 모임도 있다. 갑자기 불거진 이슈에 관심이 가거나 더 알고 싶은 지식이 생긴 회원들이 관련 책을 읽어 보자고 요구하는 경우다. 회원들이 대체로 관심을 두지 않았거나 잘 몰라서 모임에서 좀처럼 언급되지 않은 영역의 책을 함께 읽고자 할 때 외부 추천 도서를 활용하면 효과적이다. 그 분야에 빠삭한 지인, 전문가, 미디어나 기관 등의 도움을 받아 후보 책을 선정하면 좋다. 가령 과학 분야라면 주변의 과학 선생님에게 회원들의 대략적인 수준을 알려 주며 읽을 만한 책 몇 권을 묻거나, 유명 과학자가 방송이나 리뷰집에서 언급한 책을 찾아보거나, 과학 전문지나 인터넷 서점에서 제공하는 분야별 추천 도서 등을 추린 후 투표를 진행한다. 유명인이 추천했거나 어디선가 들어 본 적 있는 책이 투표 후보로 결정되면 회원들의 관심도가 높아진다.

일단 별로인 책은
피하고

가끔 독서모임 활동을 하고 있다는 사람을 만나게 되면 궁금해서 물어본다. 모임에서 주로 어떤 책을 읽는지, 읽은 책 중에서 회원들 반응이 좋았던 책은 무엇인지, 이야기 나누기 애매한 책이 걸리면 어떻게 하는지 등 주로 책에 관해 묻게 된다. 그렇게 여기저기서 묻고 들은 답변을 포개 보니 익숙한 고전이나 인터넷 서점 등에서 흔하게 언급된 책은 다들 비슷하게 읽었다는 걸 알 수 있었다.

여러 사람이 언급한 책 중에는 내가 모임을 통해 읽은 책도 있었다. 그런데 어떤 책에 대한 평가는 내가 겪은 모임의 것과 사뭇 다르기도 했다. 같은 모임 안에서도 사람마다 평가가 갈리기 마련이니 그럴 수 있겠다 싶었다. 생각해 보면 책 좀 읽는 지인이 강추해서 읽어 봤는데 그냥 그런 경우도 적지 않았다. 그럼에도 다른 사람이 추천하는 책에는 계속 귀를 기울이게 된다. 거들떠보지 않던 책 중에서 괜찮은 책을 발견할 수도 있고, 적어도 읽은 시간을 아깝게 만드는 책은 피할 수도 있을 것 같으니까.

이런 추천 책에 관한 회원 개개인의 소소한 정보와 분야별 깨알 인맥은 모임에서 함께 읽을 책을 고를 때 영향을 미치는데, 특히 읽을 만한 책을 발굴하는 데 도움을 주기도 한다. 이와 더불어 널리 알려진 추천 도서의 존재는 좋은 책을 고르는 힌트로써 유용함은 물론이고, 망작을 피하는 보험이 되어 준다는 점도 무시할 수 없다. 즉, 읽은 사람 중 다수가 아니라고 할 책을 피하게 해 주는 것이다. 내가 고른 책을 모임에서 함께 읽었는데 내용이 별로고 만듦새가 기대 이하면 무언의 비난과 싸늘한 분위기를 피할 수 없다. 그런 책이 연속해서 걸리면 사람들에게 불신이 싹튼다. 읽는 책의 만족도가 낮아지면 회원들의 정모 참여율도 떨어진다. 심하면 회원 이탈로 이어지기도 하기에 가볍게 여길 수도 없다.

읽을 만한 책은 어디에

요즘 사람들은 책을 어떻게 고를까? 「2021 국민독서실태조사」에서 "도서 선택 시 이용 정보"를 알아보기 위해 성인 2,847명을 대상으로 실시한 조사의 결과를 보면 "서점, 도서관 등에서 책을 직접 보고"라고 답한 사람이 전체의 22.6%, "인터넷의 책 소개, 광고"라고 답한 사람이 20.8%, "베스트셀러 목록"과 "가족, 친구의 추천"이라고 답한 사람이 각각 13.2%와 13.1%를 차지했다. 이외에 "신문이나 잡지의 책 소개, 광고"라고 답한 사람이 7.8%로 나타났다.

독서모임 구성원이 사람들과 함께 읽을 책을 고를 때도 유사한 방법을 취할 것이다. 그런데 혼자 읽을 책을 고를 때와 똑같이 서점이나 도서관에 들러서 책을 보거나 인터넷 검색을 폭넓게 하더라도 선택은 다를 수밖에 없다. 괜찮아 보여서 공유한 책이 여러 사람의 독서 시간을 킬링 타임으로 바꿔 버릴지도 모르니까. 물론 책을 고르는 사람은 노출된 정보를 활용해서 주어진 권한에 따라 나름의 판단을 하는 것이고, 읽는 사람마다 평가는 다를 수 있기에 정모 후 책이 실망스럽다는 분위기가 지배적이더라도 회원들은 괜찮다고들 한다. 그런데 다들 신경 안 쓰고 내색 안 하는 것 같아도 죄지은 듯 찔리는 마음은 온전히 그 책을 고른 사람의 몫으로 다가온다. 이런 고달픈 상황을 피하기 위해 알고 있으면 쏠쏠한 책 선택법을 소개한다.

문학잡지의 책 관련 글

꽤 오래전부터 발간된 두껍고 딱딱한 느낌의 문예지 대신 젊은 독자를 겨냥한 문학잡지들이 꾸준히 출간되고 있다. 「릿터」, 「악스트」, 「미스테리아」, 「에픽」 등과 같은 정기 간행물은 대부분 큰 출판사에서 만들다 보니 자사의 책 홍보와 수록된 작품이나 원고를 묶어서 출판하려는 목적이 엿보이기도 한다. 그럼에도 다양한 작가 혹은 책을 뻔하지 않게 접할 수 있게 해 준다는 장점이 있다.

유명하거나 풋풋한 작가의 따끈따끈한 작품을 펼쳐 놓기도 하고, 특정 테마의 책을 묶어서 소개하기도 하고, 궁금한 작가의 독특한 리뷰를 싣기도 한다. 책에 대해 질문을 던지는 글도 있으니 찬찬히 읽어 보고 모임에서 읽을 책의 질문 만드는 데 참고해도 좋겠다. 가끔 궁금한 작가의 인터뷰가 실리기도 하니 간간이 과월호도 살피자.

유튜버나 인터넷 서점의 분야별 추천

유튜브에서 '추천 도서', '북 리뷰', '책 추천', '서점' 등으로 검색하면 다양한 책 소개 채널이 나온다. 책이나 작가에 관한 다양한 정보를 제공하는 채널뿐만 아니라 상황별, 분야별로 읽을 만한 책을 추천하거나 심지어 책을 읽어 주는 채널도 있다. 끌리는 채널은 구독해서 꾸준히 책 콘텐츠를 확인하는 것이 좋겠다.

또한 인터넷 서점의 앱이나 사이트에서도 추천 책을 쉽게 확인할 수 있다. 마케팅 의도를 배제할 수는 없지만 어쨌든 시기별 신간과 관련된 책, 특정 작가나 주제에 관한 책, 유명 작가나 기관이 추천하는 책, MD나 출판사 편집장의 책 추천 등 다양한 기준으로 책을 묶어서 안내하므로 가볍게 훑어보면 좋다. 가끔 책을 검색하다가 알고리즘에 의해 함께 안내되는 책이 괜찮을 때도 있다. 그런 책도 눈여겨보자.

독서 플랫폼

밀리의 서재, 원스토리, 스토리텔, 윌라, 네이버 오디오클립 등 매달 일정 비용을 내면 전자책이나 오디오 북을 무제한으로 이용할 수 있는 독서 플랫폼이 있다. 이러한 앱에는 영역별, 주제별로 독자 취향에 따른 추천 도서가 다양하다. 상황별로 모아서 읽기 좋은 책을 쉽게 확인할 수 있으니 모임에서 새로운 읽기를 기획할 때 참고해도 되겠다.

책 소개하는 책

유명 작가나 특정 분야의 학자가 다양한 고전을 풀어서 설명하는 책은 꾸준히 출간되고 있다. 읽고자 하는 고전이 있다면 그 작품을 소개하는 책을 미리 살펴봐도 좋다. 작가가 자신이 읽은 책을 에피소드와 함께 소개하는 에세이 형식의 책이나, SF나 추리 소설 등 읽을 만한 장르 문학을 선별해서 소개하는 책도 꾸준히 출간되고 있다.

인터넷 서점의 주제 분류에서 '책 읽기', '독서 에세이', '독서/비평', '인문/교양', '인문/비평' 등에 해당되는 책을 차근차근 살펴보면 된다. 대놓고 책 추천을 표방하는 책도 있고, 책 속 리뷰가 좋아서 소개한 책을 읽었는데 별로일 수도 있으니 저자를 너무 믿지는 말고 꼼꼼히 살펴보자.

책 소개하는 잡지

흔한 일간지든, 화려한 패션 잡지든, 좀 있어 보이는 계간지든, 지루해 보이는 전문지든 표현과 비중의 차이가 있을 뿐 책 소개가 하나의 콘텐츠로서 기능하곤 한다. 단순하게 신간을 소개하기도 하지만, 그 간행물의 성격을 반영한 리뷰나 큐레이션을 담는 경우도 있다. 주변의 익숙하거나 끌리는 정기 간행물을 눈여겨보시라.

이런 간행물 중에는 책 소개가 주요 콘텐츠인 잡지도 있다. 「책chaeg」, 「채널예스」, 「기획회의」, 웹진 「나비」 등은 매호마다 나름의 방식으로 다양한 책과 작가를 소개하고 있다. 내용에 대한 판단을 미루고 보면 책을 골고루 접할 수 있다는 점이 커다란 미덕으로 다가온다.

도서관, 작은 책방의 큐레이션

각 지역의 공공 도서관이나 작은 도서관에서는 매달 테마를 정해 읽을 만한 책을 소개하거나, 주목할 만한 신간을 안내하기도 한다. 기간별로 많이 대출해 간 책 목록을 제시하는 곳도 있으니 도서관에 방문하거나 도서관 사이트에 들어가 검색해 보자.

좀 더 색다른 책이나 숨은 명작을 찾고 싶다면 지역의 작은 책방을 찾아가면 되겠다. 책방지기 중에는 독서 마니아가 많다. 그들은 좋아서 읽기도 하지만, 사람들에게 권하기 위해서도 책을 꾸준히 검토하므로 좋은 정보원이 되어 줄 것이다. 소식지를 내거나 블로그, 사이트를 운영하는 독립 서점도 많으니 검색해 보자. 기발하고 알찬 독립 출판물도 많으니 편견은 접어 두고 두루 살피면 좋겠다. 사람들과 함께 읽는다면 모임에 새로운 자극을 줄 수도 있다.

세계 문학 전집

오래되고 제법 규모가 있는 출판사라면 어김없이 기획 출간하는 시리즈가 세계 문학 전집이다. 알려진 작가의 대단한 작품들로 꾸려져 있다 보니 웬만한 독서모임에는 흔한 읽기 레퍼토리이기도 하다. 이런 시리즈의 책을 읽기로 하면 회원들 반응이 중간 이상은 한다. 책이 별로여도 책 탓, 고른 사람 탓은 덜한 편이다.

출판사마다 세계 문학 전집을 꾸준히 출간하고 있는데, 유명 작가의 명작은 대체로 출간해서 그런지 익숙한 작가의 알려지지 않은 작품이나 먼 나라의 낯선 작품을 출간하기도 한다. 특정 장르나 작가에 관한 시리즈 가운데 판매량이나 리뷰가 많은 것을 살펴보자. 최근 출판사마다 트렌드를 반영한 기획 시리즈를 출간하고 있다. 기존 책과는 다르게 일상적인 주제를 다루거나 어렵게 여겨지는 영역의 주제를 쉽게 풀어내는 경우가 많으니 전체적인 시리즈 구성을 훑어보자.

안전빵 책 유형

독서모임에서 실패한 책이란 뭘까? 회원들의 참여를 저조하게 만든 책, 누구도 완독하지 못하게 만든 책, 나눌 이야깃거리가 빈약한 책, 회원들이 모임 끝난 후 앞다투어 중고 서점에 팔러 가야겠다고 한 책… 어떻게든 피해 가려고 하지만, 이런 책은 수시로 등장한다. 선정하는 데 기여한 회원의 한숨은 꽤나 깊어진다. 매년 함께 읽은 책 가운데 '올해 최고의 책'과 더불어 '올해 최악의 책'을 뽑곤 하는데, 최악의 책이라는 불명예를 안을 후보는 어떻게 줄일 수 있을까?('여러 독서모임 사람들이 추천한 책들'은 부록 1 참고)

이름난 고전

독서모임에서 활동하는 사람이라면 언젠가는 꼭 읽고 말겠다는 고전 몇 권쯤 품고 있을 가능성이 크다. 그래서 누구나 알 만한 출판사들의 익숙한 세계 문학 전집은 웬만한 독서모임에서 흔히 볼 수 있는 읽기 주제다. 읽고 싶은 고전 리스트 같은 건 취급 안

하는 사람이라도 들어 본 적 있는 책을 함께 읽자고 하면 반기는 편이다. 잘 모르는 작가나 작품이라고 해도 유명 세계 문학 전집에 속한 것이라면 긍정적으로 여긴다.

경험상 유명한 고전을 함께 읽기로 했을 때 회원들의 참여율이 대체로 좋은 편이었고 만족도도 높았다. 이름난 고전은 모르는 사람이 별로 없지만, 안 읽은 사람도 적지 않다. 그런 책을 모임에서 함께 읽기로 하면 인생의 자그마한 숙제 하나를 해치우게 되어 뿌듯함을 느끼는 회원도 있다.

고전은 참고 자료가 많고 여러 영역에서 다루는 편이라 폭넓은 이해와 깊은 논의를 하기 수월하다. 이러한 고전이 지적 욕구를 깨우는 순간, 회원들은 머릿속에 그려 왔던 독서모임 풍경에 다가간 느낌을 받기도 한다. 물론 고전이 매번 모임을 흥하게 만들 수는 없다. 함께 읽기로 한 고전과 회원들의 관심이나 독서 수준이 엇박자를 타면 마찰음이 날 수도 있다. 진짜 고전으로 고전하고 싶지 않다면 책 선정에 신중해야 한다.

아무튼 모음집

한 작가의 소설집이든 여러 작가의 작품을 모아 놓은 단편집이든 다양한 작품이 실려 있거나 색다른 성격의 글들이 담긴 책이라면 독서모임에서 최악의 책이 될 확률이 낮다. 이런 책을 함께 읽고 이야기를 나누다 보면 회원들의 감상이 엇갈리는 걸 확인하게 된다. 몇몇 작품에 대한 회원들의 엇갈린 평가는 새뜻한 이야깃거리가 된다. 간혹 벌어지는 팽팽한 논쟁은 사람들에게 흥미진진한 싸움 구경을 안기기도 한다.

많은 사람이 대체로 별로였다고 하는 모음집이라도 그 책에서 괜찮게 읽은 작품이 회원마다 하나 정도는 있다. 그런 책 속의 각 단편에 관해 이야기를 나누다 보면 책이 그렇게 엉망은 아닐 수도 있겠다는 생각이 들기도 한다.

볼거리를 품은 책

그림, 사진, 영화 등 시각화된 작품을 소개하거나 그런 작품이 주요 재료인 책은 읽을 대상을 확장하게 해서 풍성한 느낌을 주며, 다양한 해석의 재미를 안기기도 한다. 책 내용이 다소 아쉽더라도 그 책에서 소개하는 작품 위주로 이야기를 나눌 수도 있고, 저자의 생각을 비판할 수도 있어서 회원들의 관심을 이어 갈 수 있다.

그렇지만 글밥 많고 전문적인 성격을 풍기는 평론집이나 학술서는 조심해야 한다. 책이 자료집으로만 기능하거나 저자의 입김이 센 꽉 막힌 책이라면 회원들에게 읽기를 거부당할 수 있다. 그러니 말랑말랑한 성격의 리뷰집이나 기발한 해석을 시도하는 발랄한 책을 찾아보자. 사람도 하나의 작품이라고 여기고 접근한다면 인물을 소개하는 평전이나 여러 인터뷰를 모은 인터뷰집도 함께 읽고 이야기 나누기에 좋다. 회원들이 관심 가질 만한 인물이나 낯선 영역의 사람을 다룬 책이라면 도전해 보자.

믿고 보는 작가의 신간

모임마다 분위기를 주도하는 회원이 있다. 그는 모임 참여에 적극적인 편이라서 책 선정에도 적잖은 영향을 미치고, 좋아하는 작가도 분명하다. 그의 팬심을 적절히 활용해 책을 선정하면 모임이 활발해지기도 한다. 만약 그가 선호하는 작가의 신간을 모임에서 함께 읽기로 했다면 그 작가의 정보와 그 책을 읽어야 하는 수많은 이유가 모임에 퍼진다. 그런 그의 열정이 정모로도 이어지면 그가 작가와 책에 대해 꽤 깊이 있는 이야기를 나눌 수 있게 준비해 오거나 풍부한 지식을 바탕으로 대화를 이끌기도 한다.

회원마다 좋아하는 작가들이 있지만, 유독 여러 사람이 좋아하는 작가가 있다. 이를 포착해 그 작가의 신간이 나올 때 함께 읽기로 하면 회원들의 참여도를 높일 수 있다.

국내외 문학상, 출판 관련 수상작

누구나 알 만한 국내외 문학상도 있고, 자칭 타칭 독서가라면 알고 있을 비문학 도서상도 있다. 세계적으로 권위가 있는 문학상은 수상할 작가 혹은 작품을 발표할 시기가 되면 언론의 집중 조명을 받기도 하고, 수상자가 결정되면 그의 작품이 큰 서점과 인터넷 서점 사이트를 가득 채운다. 이런 사회적 관심은 회원들을 비껴가지 않는다. 어떤 수상작이 나왔다고 하면 모임에서는 연례 행사처럼 읽어 보자는 의견이 삐져나온다.

꼭 이런 때가 아니더라도 수상작은 대체로 모임에서 환영받는 수식어라서 회원들의 기대도 크고, 읽고 나서 별로여도 책 읽은 것만으로도 만족해하는 편이다. 포털 사이트나 인터넷 서점에서 '책 수상작', '문학상', '도서상' 등으로 검색하면 다양한 수상작을 찾을 수 있다. 다만 상을 받은 책이라고 독서 만족도를 보장하는 것은 아니니 꼼꼼히 따져 보고 끌리는 책을 골라야 하겠다.

모임 참여를 위한
읽기가 있다?

　책을 읽는데 눈이 자꾸만 페이지로 향한다. 입에선 "이제 겨우", "아직도", "몇 시지?" 등의 흔한 혼잣말. 마지막 페이지를 향한 절실함은 내 맘대로 '이 부분은 별로 중요하지 않아'를 남발하며 몇 행을 교묘하게 씹어 먹는다. 가끔 사이비 속독법도 발휘되는 것 같다. 그렇게 본문 끝자락에 이르면 일단 안도. 시간이 조금 남아 있으면 책 뒷부분에 붙어 있는 해설이나 번역자나 작가의 말 같은 걸 느긋하게 읽는다. 이런 풍경은 정모를 몇 시간 혹은 몇 분 앞두고 흔히 벌어진다. 미루다가 닥쳐서 읽는 습관은 쉽게 바뀌지 않는다. 너무 빨리 읽으면 책 내용을 다 까먹으니까 일부러 정모에 가깝게 읽는 거라고 합리화하는 모습도 똑같다.

　조마조마한 읽기가 반복되더라도 완독을 거르지는 않는다. 책이 어떻든 회원들과 함께 읽기로 약속한 책이라면 읽기 싫어도,

이해가 안 가도, 시간이 오래 걸려도 끝까지 읽는 것이 모임에서 가장 필요한 읽기라고 생각하기 때문이다. 고민에 빠지게 만드는 책이 적지 않지만, 다 읽어야 할 말이 생기고 들리는 말도 있다. 비록 글만 읽은 것 같은 느낌으로 책의 마지막에 이르렀더라도, 안 읽은 것과는 다른 경험을 하게 된다. 이렇게 버티며 읽는 순간은 혼자서 읽는 책으로는 겪지 못할 테니, 어쩌면 가장 독서모임다운 장면 중 하나라고 할 수도 있겠다. 모임 참여를 염두에 둔 읽기 방법이 몇 가지 더 있다. 더 너른 읽기는 멀리 있지 않다.

날것의 기록

책을 읽고 사람들과 모여서 이야기를 나누다 보면 책에 대한 내 감상이 모호해질 때가 있다. 즉, 사람들의 이야기 사이에서 기대거나 거리를 두면서 만들어진 생각이나 느낌이 애초에 내 것이었던 것처럼 여겨지는 것이다. 서로 다른 앎이 모인 자리에서 몰랐던 사실을 알게 되고, 낯선 시선을 접하며 책 읽기를 확장하는 게 모임에서는 흔한 일이니 문제가 되지는 않는다. 그런데 하나의 책에 대한 내 느낌이나 생각의 변화를 확인할 수 있다면 나를 옆에서 들여다보듯 흥미로울 테고, 함께 읽기의 효용을 실감할 수도 있을 것이다.

이를 위해서는 책의 각 부분을 처음 접하면서 든 느낌이나 읽고 있는 순간에 떠오른 생각의 기록이 필요하다. 그저 책을 처음 보고 만지며 든 느낌을 시작으로 펼쳐서 읽는 사이사이 중요해 보이는 지점들에 대한 생각을 소소하게 끄적거리는 것도 괜찮다. 이런 일은 좀 거추장스럽게 여겨지지만, 함께 읽고 모인 자리에서는 충분한 이야깃거리와 생각거리를 안기기도 한다. 생각보다 믿을 만하지 않고 오래가지 않는 내 기억 자체가 반전처럼 다가올 수도 있다. 회원들과 일부 읽기의 순간들을 간략하게라도 기록하기로 하고 정모 때 공유한다면 누군가의 첫인상에 관한 이야기를 듣는 듯 소소한 재미를 누릴 수 있을 것이다.

읽은 내용 붙잡기

보통 모임에서 책을 읽는 시간은 최소 한두 주 정도 주어진다. 좀 빠르게 읽는 사람이라면 다 읽고 한 주 이상 지나서 정모에 참여하게 될 수도 있다. 이러면 열심히 읽었는데도 정모 때 내용이 기억나지 않을 수 있다. 정모가 임박했을 때에 맞춰서 책을 다 읽으면 좋겠지만, 그러다가 다 읽지 못할 수도 있으니 읽기를 미루기 곤란하다. 더 끔찍한 상황은 읽은 지 하루나 이틀 혹은 몇 시간밖에 안 되었는데도 책 내용이 가물가물할 때다. 이런 상태에서 사람들과 책 대화를 나누게 되면 책 내용의 조각을 맞추는 데 급급해진다. 책의 구체적인 부분이나 세밀한 내용에 관한 이야기가 오간다면 더 심각하다. 다 알고 있다는 표정으로 사람들 말을 듣고만 있어야 할 수도 있다. 이런 상황을 대비해서라도 기록이 필요하다.

책을 읽으며 든 생각이나 질문을 정리하고 인상 깊었던 부분을 복기하기 위한 기록도 중요하지만, 책이 무슨 내용이었는지 떠올릴 수 있게 하는 기록이 우선되어야 한다. 그것은 책을 다 읽은 시점으로 데리고 가서 책의 전반적인 내용과 구성을 머릿속에 그릴 수 있게 해 준다. 세세한 기록일수록 쓰임이 크겠지만, 자칫 그런 끄적임이 읽기 흐름을 방해할 수도 있다. 그러니 읽기를 불편하게 하지 않는 선에서 나중에 자신이 알아볼 수 있을 정도로 정리하면 되겠다. 책의 주요 부분마다 두세 문장으로 핵심 내용을 적거나 키워드를 써 놓아도 괜찮다. 이런 게 귀찮다면 내용상 중요한 부분을 휴대폰 카메라로 찍는 건 어떨까. 다만 찍은 페이지가 여러 장이면 나중에 헷갈릴 수 있으니 편집 기능을 활용해 작게라도 내용을 구분할 수 있는 표시를 남긴다.

무언가를 하기에 너무 늦었거나 바쁘다면 인터넷 서점의 책 소개를 훑어보기라도 하자. 출판사에서 친절하게 내용을 요약해 놓아서 책에 대해 알아보기 쉽다. 이왕 정리하는 거 번거롭더라도 조금 더 쓸모 있는 기록이 낫겠다 싶은 사람이라면 책 내용을 요약하면서 각 부분에 자신만의 평과 생각할 거리를 함께 정리하면 되겠다. 전자책으로 읽는다면 밑줄 친 문장이나 메모한 부분을 한눈에 보거나 검색할 수도 있으니 이를 활용해도 좋겠다. 유용하지만 조금 설면한 방법도 있다. 책을 읽다가 그때그때 드는 생각을 휴대폰을 활용해 녹음하는 것이다. 녹음한 내용을 저장할 때 책의 해당 부분을 잘 기록하면 나중에 찾기도 쉽다. 다만 내 목소리를 들을 때 좀 오글거릴 수 있다는 점이 걸리긴 한다.

곁에 이런저런 사전들

'선생님은 늘 말씀하셨지, 사전 찾는 습관을 들이라고.' 졸업하고 한참 지나서야 그 말의 가치를 깨달으며 참되게 실천하고 있다. 다들 학교에 다닐 때는 영어사전의 쓰임이 많았겠지만, 독서모임에서는 국어사전이 더 유용하다. 책을 읽다가 모르는 단어를 발견하는 건 흔한 일이니까. 번역서의 번역자가 연세가 있는 분이라면 국어사전의 쓰임은 더욱 빛을 발할 것이다. 문학 작가들은 참신한 표현을 쓰려고 부단히 노력하고, 특정 단어의 기묘한 어감을 살려 섬세한 감정이나 분위기를 전하기도 한다. 이러한 표현들을 온전히 이해하기 위해서라도 사전의 도움이 필요하다.

모임에서 평소에 안 읽던 책이 선정되면 낯선 용어를 접할 수도 있다. 인문서는 같은 단어라고 해도 학자나 저자마다 나름의 의미를 부여해서 쓰는 경우가 많다. 따라서 저자가 쓴 단어의 의미를 제대로 알아야 각각의 문장을, 나아가 책의 전체 내용을 온전히 이해할 수 있다. 전문 분야의 책이나 학술서 같은 책을 읽을 때는 전문 용어 사전이나 분야별 개념어 사전 등을 옆에 두면 좋다. 종이로 된 사전을 넘기며 모르는 말을 찾아보는 것에 남다른 매력이 있지만, 편하게 쓰려면 포털 사이트에서 제공하는 사전이나 사전 앱을 다운로드받아 활용하는 것이 좋다. 사전을 찾아 가며 책을 읽으면 내용에 대한 이해가 높아지기도 하지만, 사람들과 이야기 나눌 때 은근 아는 척을 할 수도 있어서 쏠쏠하다.

한눈에 볼 수 있게 도식화

"그 책은 가계도 없이 읽기 힘들어요." 독서모임 경험이 있는 사람이라면 읽어 봤거나 들어 봤을 책, 가브리엘 가르시아 마르케스의 『백년의 고독』에 관한 얘기다. 이 책은 백 년에 걸친 한 집안 6대의 역사를 살피는데, 주요 등장인물만 스무 명 가까이 된다. 게다가 남미의 인물들 이름이 길고 다 비슷해 보이니 책을 읽다가 각 인물을 구분하고 여러 관계를 파악하느라 계속 헤매게 된다. 번역서 중에는 인물의 이름을 익히기 어렵거나 인물들의 관계가 모호한 경우가 꽤 있다. 그러면 읽기가 더뎌지고, 자칫 내용을 잘못 이해할 수도 있다. 인물이 많이 등장하고 여러 시대를 폭넓게 다루는 책은 더욱 그렇다. 인물뿐만 아니라 낯선 지명이나 어색한 공간이 많이 나오는 책도 헷갈리기 쉽다.

그러니 주요 인물이나 공간 등 낯선 요소를 가볍게라도 적어 놓고 확인하면서 책을 읽어 나가는 것이 좋다. 인물들의 관계, 공간이나 시대 변화 과정 등을 구조화해서 책을 읽어 나가면 내용을 이해하기가 훨씬 쉬워진다. 유명한 작품 중에는 독자들이 가계도, 연대표, 지도 등을 만들어서 공유하는 것도 있다. 포털 사이트나 책 관련 채널 등을 잘 찾아보시라. 또한 책을 읽으면서 내용을 파악하기 까다로웠던 부분을 모임에서 공유하면 책을 먼저 읽은 누군가가 그 부분을 수월하게 읽을 수 있는 팁을 주기도 하고 참고할 만한 자료를 추천해 주기도 한다.

차례 보며 길 찾기

독서모임에 오래 참여하다 보면 읽어 보지 못한 성격의 책을 적잖이 접하게 된다. 꽤 읽었는데도 도대체 무슨 내용인지 모르겠거나 저자가 무슨 말을 하려는지 알 수 없는 책을 마주하기도 한다. 이런 책은 계속 읽어 나간다 해도 그저 글자만 읽는 것 같은 느낌이 들 수 있다. 물론 저자가 독자를 배려하지 않았거나, 편집자가 일을 제대로 하지 않았거나, 읽는 사람의 책 관련 지식이 부족하거나, 요즘 피곤해서 그럴 수도 있다. 아무튼 책을 붙들고 무던히 시간을 들이며 집중해서 읽었는데도 계속 책에 대해 잘 모르겠다면 예의상 한두 챕터라도 읽든지, 모르는 대로 꾸역꾸역 다 읽든지, 일이 생겼다고 둘러대고 정모 참석을 취소하면 된다.

어느 정도 읽었는데 덮자니 읽은 게 아깝고 끝까지 읽자니 망설여지는 책도 있다. 내용이 어렵거나 만듦새가 아쉬운 책은 아닌데, 잘 정리가 안되는 책. 이런 경우는 전체 내용의 키가 되는 부분을 놓쳤거나, 책의 각 부분은 어느 정도 이해했지만 그 개별 내용들이 어떻게 연결되고 전체에서 어떤 의미를 갖는지 모르기 때문일 수도 있다. 혹시 많은 사례가 나오는 책이라면 일부 사례가 어렵거나 낯설게 여겨져서 읽기가 까다롭게 느껴지는 것일 수도 있다.

이처럼 책 내용이 잘 잡히지 않을 때는 차례를 살펴보자. 책을 읽어 나가면서 수시로 보는 게 좋다. 차례만 복사해서 옆에 펼쳐 놓거나 사진으로 찍어서 보기를 추천한다. 차례를 보면서 지금 읽고 있는 부분을 파악하고, 여태 읽은 것과 앞으로 읽을 내용을 연결하면서 책의 구성과 내용 흐름을 짚어 보자. 그러면 꼼꼼히 읽고 확실히 이해해야 하는 부분, 적당히 훑고 지나가도 되는 내용이 보이기도 한다.

차례에는 반영되지 않았지만, 본문에는 제시된 소제목을 한눈에 볼 수 있게 정리해 나가며 읽어도 좋다. 책의 호흡이 긴 편인데 내용을 구분해 놓지 않은 책이라면 이해하기 편한 대로 내용을 나누고 직접 소제목을 달아도 좋다. 나중에는 그렇게 정리한 부분만 쓱 봐도 전체 내용이 파악될 것이다. 혹시 책을 덮고도 자신이 제대로 읽었는지 잘 모르겠다면 정모에 나가서 사람들과 이야기 나눠 보시라. 그러면 내 읽기가 어땠는지 알아차릴 것이다. 책에 대해 듣고 말하다가 정리가 되는 경우도 적지 않다. 그렇게 사람들과 소통까지 해야 읽기가 일단락된다.

☺ 똑똑한 질문, 단단한 발제

질문이 부족한 모임은 따분하거나 시시하기 마련이다. 사람들 사이를 메우는 건 길어지는 설명 아니면 어색한 침묵일 테니. 책 구석구석을 누비고, 생각 뒤편과 주변 자리를 들춰 보게 하는 물음이 튀어나와야 사람들이 이야기에 적극 가담한다. 질문은 더 자라서 아주 깊숙하거나 먼 곳의 낯선 것을 이야기하게 만들기도 한다. 좋은 질문은 세심한 읽기에서 비롯되기도 하고, 우연한 상상에서 삐져나오기도 하고, 대화 사이사이의 의문에 덧대서 나타나기도 한다.

그런데 사람들은 미리 각 잡아 놓은 질문에 시큰둥한 반응을 보이기도 하고, 설익은 궁금증에 열의를 보이기도 한다. 받은 적 없는 질문, 해 보지 않은 대답에 저마다 다르게 응답하기도 한다. 그러니 좋은 질문이라는 건 함께 읽은 책, 참여자, 모임 시기에 따라 달라질 수밖에 없다. 그럼에도 던질 만한 질문을 다양하게 준비해 놓으면 쓰임이 커진다. 이런 질문을 품은 발제지까지 있다면 더 너르게 이야기를 나눌 수 있고, 모임이 샛길로 빠지는 걸 막을 수도 있다.

흔한 질문거리 먼저

읽다가 잘 모르겠거나 사람들이 어떻게 생각하는지 알고 싶은 것들을 모으다 보니 질문이 두둑하게 쌓인다. 이렇게 질문을 가득 풍기는 책으로 나누는 이야기는 막힘이 없고, 꼬리에 꼬리를 무는 질문에 시간은 순삭된다. 하지만 딱히 궁금한 것도 없고 별생각 안 나게 하는 책이 걸리면 질문을 억지로라도 만들어야 한다. 더 오래 생각하면 괜찮은 질문이 떠오를 때도 있지만, 질문을 위한 질문을 뽑을 때도 있어서 자괴감이 들기도 한다. 괜찮은 질문이 떠오르지 않을 때는 어느 책에나 적용할 수 있는 질문 요소에 기웃거려 보자.

- 디자인: 표지, 판형, 홍보 문구, 내지 디자인, 글자체, 가독성, 책의 전반적인 이미지 등
- 구성: 문체나 서술 방식의 특징, 머리말이나 작가의 말이 가진 개성, 각 장의 균형, 소제목과 도입글의 참신함, 오탈자나 오역 유무, 각주나 참고 자료 사용의 적절성 등
- 내용: 주제·소재·인물에 대한 평가, 인상적인 부분, 클리셰 혹은 모호한 장면, 근거의 타당성, 결말의 적절성, 제시된 대안의 실효성 등
- 감상: 읽기 전 기대감, 특정 부분을 읽으면서 들었던 느낌, 읽은 후 소감, 읽기의 수월함 정도, 다른 사람의 감상 혹은 대중의 반응 등
- 가치: 집필 의도, 저자의 시선, 사회적 의미, 유사 작품, 다른 작품의 영향, 차별성 등
- 적용: 유사한 경험, 각자의 삶과 연결, 동시대 현실에 비추어 보기, 최근 이슈와 연결, 대안 찾기 등
- 저자: 저자의 가치관, 성격, 성장 배경, 이력, 다른 저서와의 연관성, 영향력 등
- 가정: 내가 작가라면, 작품 속 인물이라면, 책 속 상황이 바뀌었다면, 저자가 다른 시대 사람이라면, 속편을 만든다면 등

질문 수집하기

질문은 많을수록 좋다. 운영자는 회원들에게 어떤 질문이라도 좋으니 뽑아 보고 공유하도록 독려한다. 질문이 예상만큼 안 모이면 회원마다 몇 가지씩 의무적으로 만들도록 회칙으로 정해도 된다. 여러 사람의 질문을 취합해서 정리한 내용으로 모임을 진행할 수도 있다. 질문이 다양할수록 회원들이 만나서 나누는 이야기는 풍성해진다.

여러 사람의 질문을 모으기가 어렵다면 질문 만들 사람을 정하는 것이 좋다. 어떤 방법으로든 주도적으로 질문을 제시하는 사람을 분명하게 정해야 서로 미루지 않는다. 그리고 운영진은 누군가가 꾸린 질문이 모임에서 다루기에 적합한지 살펴볼 필요가 있다. 누가 만들든 공식 질문은 모임 전에 정하고, 모든 회원에게 전달해서 질문에 대해 미리 생각해 보고 참여할 수 있게 한다. 다음은 여러 독서모임을 겪으며 수집한 질문이다.

시작하면서

- 읽으면서 어떤 느낌이 들던가요?
- 풍경이 잘 그려지던가요? 낯선 묘사는 없었나요?
- 이해하기 어려웠거나 모호했거나 불편했던 부분은 없었나요?

• 상황이나 인물 설정은 납득이 가나요?

• 가장 인상적인 부분은 어디였나요? / 가장 좋았던 단편은?

• 마음에 드는 캐릭터가 있나요?

• 이 책에 별점을 매긴다면요? 그 이유는요?

책 깊게 파기

• 내용에 비춰 볼 때 저자의 서술 방식은 적절했나요?

• 전체 구성과 글의 호흡은 매끄러웠나요?

• 저자의 주장을 어떻게 생각하세요?

• 어디까지가 저자의 생각일까요?

• 사회를 바라보는 저자의 시선 혹은 특정 대상을 대하는 작가의 태도는 어떤가요?

• 유사한 주제나 소재를 다룬 작품과의 공통점 혹은 차이점(차별성)은?

• 저자가 영향을 받은 사상이나 가치관은 무엇일까요?

• 저자가 책을 쓴 의도는 무엇일까요?

읽기 확장하기

• 알고 있는 사실과 다른 부분, 팩트 체크가 필요한 부분이 있나요?

• 최근 이슈가 된 OO 사건이 떠오르기도 하던데, 어떻게 보시나요?

- 작가는 어떤 사람인 것 같나요? 저자가 살던 사회는 어땠을까요?

- 언급된 문제의 대안이 무엇일까요?

- 새롭게 알게 된 사실은 없나요?

- 작가의 다른 작품은 어땠나요? 이 작가만의 특징이 있나요?

- 이 책을 이해하는 데 도움이 될 만한 작품이나 자료가 있을까요?

쉬어 가듯이

- 여러분이 저자라면 어떻게 썼을 것 같나요?

- 여러분이 주인공이라면 어떻게 하겠나요?

- 저자나 주인공을 인터뷰한다면 무엇을 물어보고 싶은가요?

- 당신의 유사 경험을 들려주세요.

- 이 작품을 영화화한다면 캐스팅은 누구, 연출은 어떤 방향으로?

- 함께 읽으면 좋은 책, 함께 보면 좋은 영화나 영상이 있다면요?

- 밑줄 그은 부분 중에 톡으로 공유하고 싶은 것이 있나요?

마무리하며

- 책을 관통하는 키워드를 꼽자면요?

- 평론가나 다른 사람의 리뷰를 봤다면 공감하시는지요?

- 다른 사람에게 이 책을 추천하실 건가요? 한다면 뭐라고 할 건가요?

- 읽기 전과 읽고 나서 그리고 사람들과 이야기 나누고 나서 달라진 점이 있다면요?
- 한 문장으로 평을 한다면요?

발제의 활용

사전에서 '발제'를 찾아보면 "토론회나 연구회 따위에서 어떤 주제를 맡아 조사하고 발표함."이라고 나온다. 독서모임에서 발제란 함께 읽기로 한 책에 관한 정보를 모으고 정리해서 발표하거나 그 책과 관련된 화제를 제시하는 것이라 할 수 있다. 발제 없이도 독서모임을 진행할 수 있지만, 여러 사람이 모여서 한정된 시간 동안 책에 대해 알찬 대화를 나누고자 한다면 발제를 활용하는 것이 효과적이다.

누군가가 발제를 맡고 발제지를 만들어서 공유한다면 더욱 실속 있는 모임이 되겠지만, 발제 준비에 수고가 따르다 보니 회원들은 발제를 꺼리는 편이다. 이런 회원들의 부담을 덜고자 발제를 간소화하거나, 운영진이나 몇몇 지정된 사람이 발제를 고정으로 맡는 모임도 있다. 다양한 발제를 필요로 하는 모임인 경우, 발제자 선정 방법을 회칙으로 정해 놓기도 한다.

발제의 방식이나 활용은 모임마다 다르다. 정모 때마다 발제지를 준비하는 모임도 있고, 별도의 발제지 없이 정모를 진행하는 모임도 있다. 후자의 경우 발제자가 준비해 온 질문 몇 가지가 발제가 되기도 한다. 또한 각 정모의 발제자가 사회까지 맡아야 하는 모임도 있지만, 발제자와 사회자 역할이 분리된 모임도 있다. 발제자의 부담을 덜기 위해 다수의 발제자를 정하는 모임도 있다. 발제할 부분을 나누고, 여러 발제자가 각자 맡은 부분을 준비해 오는 것이다. 발제 형식은 발제자 재량에 맡길 수도 있다. 하지만 발제를 어려워하거나 부실하게 준비하는 회원이 있을 수도 있으니 운영진은 발제자에게 가이드를 주거나 정모 전에 발제 상황을 체크하는 것이 좋다.

발제지 내용

모임에서 발제지가 공유되면 참여자들의 집중도와 만족도가 높아진다. 발제지를 만들어 본 사람은 대체로 발제를 맡는 것 자체가 부담되긴 하지만, 발제지를 만들면서 책을 더 집중해서 읽게 되고 책에 대해 다양하게 고민해 볼 수 있어서 좋았다고 한다. 그렇다고 발제를 맡고 싶다는 말은 아니라고 덧붙인 사람이 많았다. 발제지는 이야깃거리를 선명하게 드러내고, 대화를 매끄럽게 이끄는 데 보탬이 되면 충분하기에 지나치게 형식을 갖출 필요는

없다. 발제지 만들기가 막막하다면 발제지에 담기 좋은 요소를 생각해 보자.(발제지 예시는 부록 2 참고)

발제지를 채울 만한 요소

- 내용 요약: 회원들이 각자 읽은 내용을 확인하고 사람들과 다르게 읽었거나 지나친 부분이 없는지 점검하도록 한다. 읽은 내용을 떠올릴 수 있을 정도로 압축해서 제시하는 게 좋다.

- 주제 환기: 책이 전하는 메시지, 저자의 문제의식 등을 생각해 보게 한다. 전문가의 연구, 참고할 만한 리뷰, 저자 인터뷰 등을 제시해서 회원들이 다단하게 고민해 볼 수 있도록 한다.

- 논제: 책의 내용에 대해 궁금한 점, 애매한 부분, 함께 생각해 볼 내용, 토론하기 좋은 주제 등을 담는다. 모호한 논제는 애매한 답변을 낳는다. 발제자는 묻고자 하는 것을 명확하게 제시해야 한다. 의견이 갈릴 수 있는 논제일수록 참여자들이 흥미를 느끼니 염두에 두자.

- 배경지식: 책이 쓰인 시대적 배경, 주요 개념, 저자의 이력과 전작, 함께 읽기 좋은 책, 관련 영상 등 배경지식을 제시하면 발제가 더욱 알차게 느껴진다. 이러한 정보를 제시할 때는 출처를 명확히 하는 것이 중요하다.

- 논의 확장: 책에 담긴 특정 가치나 인물의 모습을 현재의 잣대로 가늠해 볼 수 있는 화제를 제시한다. 읽은 책과 유사하거나 반대되는 가치를

품은 동시대 작품이나 여러 매체의 기사, 직접 체험한 사례 등이 좋다.

발제 시 참고할 만한 정보 찾는 요령

- 책의 기본 정보나 줄거리 파악은 인터넷 서점에서 볼 수 있는 책 정보
  나 여러 미디어의 책 소개 기사, 칼럼, 서평 등을 활용하면 편하다. 책
  이나 작가를 지나치게 띄우는 내용도 더러 있음을 감안해서 필요한 부
  분만 취한다.

- 관련 논문을 찾아본다. 논문 검색 사이트인 'RISS', 'KISS', 'DBpia',
  'Google 학술검색', '국회전자도서관' 등을 활용한다. 찾으려는 내용이
  번역서이거나 외국 작가인 경우 원서나 외국어로 검색해 보기도 하자.
  무료로 볼 수 있는 자료가 많지만, 참고할 내용이 풍부해 보이는 정보
  는 유료인 경우가 많으니 골고루 검색해 보자.

- 포털 사이트에서 저자 인터뷰를 찾는다. 작가의 신간이 나왔을 때쯤
  「채널예스」 같은 책 관련 웹진이나 주요 일간지, 주간지 등에서 인터
  뷰 기사를 싣곤 하니 고르게 검색해 보자. 유튜브에서 출판사가 홍보
  용으로 제작한 인터뷰나 책 관련 영상을 찾아볼 수도 있다.

- 문학이라면 주요 문학잡지나 문학 평론가의 평론집을 찾아본다. 웹으
  로는 검색이 안 될 수 있지만, 인터넷 서점에서 목차를 검색해 보면 관
  련 작가의 내용이 실렸는지 확인할 수 있다. 문학잡지는 해당 사이트
  나 도서관에서 과월호를 찾아보는 게 좋다.

- 고전이라면 알 만한 작가가 추천하거나 인용한 경우가 많다. 고전을 골고루 소개하는 리뷰집에 실렸을 수도 있다. 'EBS 지식채널 e'나 여러 방송사의 책 관련 프로그램에 나온 책도 많으니 관련 영상을 찾아보자.
- 주변 도서관이나 책방에 방문해서 사서 혹은 책방지기에게 책에 대해 물어본다. 또는 책 관련 분야를 잘 아는 지인이 있다면 궁금한 점을 질문하자.

읽은 책에 대해 말하기

　한두 주 혹은 한 달 만에 맞는 정모 날, 반갑게 인사를 나누며 안부를 묻는 사람들 사이에 말을 아끼며 열심히 책을 읽는 사람이 있다. 그 옆에 진작 완독을 포기한 사람은 차라리 태연하다. 회원들이 같은 책을 읽고 모인 거라면 자리마다 놓인 비슷한 책을 보며 동질감을 누릴 수도 있다. 이처럼 모임 시작 전에는 반가움, 긴장, 설렘이 포개져서 조금 들뜨기도 한다. 이런 순간을 놓치고 지각하는 사람이 있기도 하지만, 오기만 한다면야 그저 반가울 뿐이다.

　운영자로서는 바쁜 시간을 쪼개서 책을 읽고, 퇴근을 하거나 각자 할 일을 마친 후에 모임에 오는 회원들이 신기하게 여겨질 때도 있다. 그리고 모임을 마치고 돌아가면서 걸치고 가는 것 중에 만족이 있을까 궁금하기도 하다. 내가 좋아서 나온 것처럼 그들도 사람들과 함께하고 싶어서 나왔을 텐데 괜한 생각을 하는 거 아닌가 싶다가도, 적어도 모두에게 아깝지 않은 시간이 되길 바라며 모임을 시작한다.

완독한 사람 체크

늘 회원들에게 완독을 당부하지만, 책을 다 못 읽을 사정은 누구에게나 생기기 마련이다. 완독자 수에 따라 이야기 흐름이 달라지는데, 책을 다 읽어 온 사람보다 그러지 못한 사람이 많다면 책 내용을 전달하는 데 시간을 더 들일 수밖에 없다. 그런데 짧은 설명만으로 읽지 않은 부분을 메울 수 있는 책이 있고, 읽지 않으면 이야기 나누기 어려운 책이 있다. 후자라면 다 읽어 온 사람들 위주로 논의를 이어 갈 수도 있고, 책 내용보다는 책의 주제나 소재 등과 결부된 회원들의 경험이나 생각 위주로 이야기를 이끌 수도 있다. 사회자가 그날의 책, 참여자, 분위기를 고려해서 유연하게 대화를 이끌어야 한다. "이 소설의 가설처럼 우리와 공생하면서도 잘 드러나지 않는 생명체가 실제한다면 우리는 어떻게 해야 할까요?", "이 책은 실험적인 문학으로 유명한데요, 여러분이 접한 '실험적'이라 할 수 있는 작품과 그 특징은 무엇이 있었나요?" 등과 같이 책 내용을 살짝 녹여서 누구나 답변할 수 있을 법한 질문을 던진다면 망설임 없이 모임을 진행할 수 있다. 만약 완독자는 적은데 발제자의 준비가 탄탄하다면 발제자가 강의자로서 역량을 발휘할 수 있도록 하는 것도 좋다. 사이사이 질문과 답변을 열어 두어 자연스러운 대화가 이루어질 수 있게 한다.

감상 나누기

몸을 풀듯 각자 책에 대해 느낀 점을 가볍게 이야기하면서 입을 푼다. 표지의 첫인상, 책을 읽기 전의 기대나 편견, 읽기의 수월함 정도, 번역 상태, 읽으면서 가장 많이 떠오른 단어, 책을 다 읽고 나서 덮을 때의 기분 등. 각자 사소한 느낌을 나누다 보면 회원들은 책을 더 또렷이 기억하게 되고, 사회자는 신선한 이야깃거리를 포착할 수 있다. 책에 대한 인상 나누기는 되도록 짤막하게 진행하는 것이 좋다. 더 깊게 나눌 만한 이야기는 잠시 후에 본격적으로 한다. 책에 각자 평점을 매기며 시작하는 모임도 있다. 평점의 근거를 들으면서 책의 호불호를 확인할 수 있다. 회원들의 평이 엇갈린다면 토론을 활성화하며 모임을 이끌어 가면 된다.

내용 확인

같은 책을 읽었더라도 사람마다 이해한 내용이 다를 수 있다. 여러 해석이 가능한 책이라면 다른 의견이 좋은 이야깃거리가 된다. 하지만 내용이 명확해 보이는 책을 누군가 잘못 이해했다면 대화에 혼동이 빚어질 수도 있다. 그러므로 서로 이해한 책 내용을 점검하는 것이 좋다. 또한 책을 읽은 지 오래된 사람은 내용을 까먹었을 수도 있다. 가물가물한 기억을 확실히 하기 위해서라도 가볍게 내용을 훑는 게 좋다. 발제지에 요약이 담겨 있으면 수월하겠지만, 없다면 사회자나 몇몇 사람이 돌아가며 책 내용을 압축해 이야기한다. 좀 더 흥미를 돋우기 위해 책 내용을 퀴즈로 내서 회원들이 맞히게 하는 모임도 있다. 준비가 번거롭지만, 회원들의 반응이 좋은 편이다.

생각 나누기

가장 독서모임다운 순간은 읽은 책에 대한 각자의 생각을 말하고 여러 사람의 의견을 들을 때다. 그러니 무엇보다 각자의 생각을 나누는 시간을 충분히 확보해야 한다. 넘치는 책 정보와 자료를 공유하는 것은 후순위다. 사회자는 준비한 논제를 바탕으로 작품 평, 저자의 집필 의도와 가치관에 대한 판단, 책의 특정 내용에 대한 생각 등을 고르게 이야기 나눌 수 있게 조율한다. 발언자에게는 사실과 의견을 명확히 구분하도록 하며, 자기 생각의 근거도 밝히게 한다. 모든 사람이 짧게라도 말할 수 있도록 안배하는 것도 중요하다. 표현이 서툴러서 부담스러워하거나 잘 몰라서 별로 할 말이 없다는 사람이 있을 수 있다. 이때는 가벼운 질문부터 던져서 부담을 덜어 주고, 점차 더 많은 말을 할 수 있게 유도한다.

막바지에는 모든 회원이 책이나 모임에 대해 총평을 하며 정리하는 시간을 갖는다. "속편가즈아", "안본이승자", "심심섭섭함" 등 다섯 글자로 표현하기, "중고서점 직행해야 하는 것보다 아까운 건, 이 책 붙들고 있던 시간", "한 방 먹었다. 지금이라도 읽게 돼서 다행이다."와 같은 한 줄 평, "★★★☆", "-(마이너스)★★" 등 최종 별점 매기기 같은 형식을 활용하면 더 즐겁게 마무리할 수 있다. "역시 책보다 책 이야기 나누는 게 더 재밌는 거 같아요." "책은 정말 별로였는데 어쨌든 이렇게 많은 이야기를 나눌 수 있게 했으니 책이 큰일 했네요." "사람들의 생각을 골고루 들어 보니 책이 좋아 보이네요. 다시 읽어야겠어요." 이런 이야기를 듣게 된다면 해피 엔딩!

견주어 읽기

어떤 날은 모든 참여자가 책과 이야기에 몰입해서 시간 가는 줄 모른 채 마무리 시간에 이른다. 이럴 때는 회원들의 만족도가 높아서 참여 후기도 빵빵하다. 반면 어느 날은 이야기가 겉도는 것 같고, 좀 뻔하게 흘러가다가 애매하게 모임을 끝맺는다. 이런 날은 다음 모임에 악영향을 미치기도 한다. 더러 처음 나온 회원이 정모 후에 탈퇴하는 경우도 있다. 이런 시간이 반복되는 걸 막으려면 이야기 요소를 골고루 확장하는 것이 좋다.

먼저 회원들이 책과 관련해서 자신이나 지인이 겪은, 혹은 주변에서 들은 이야기를 하도록 유도한다. 그러면 더 공감하면서 대화에 몰입할 수 있게 된다. 아울러 요즘 이슈가 되는 사회 문제나 현실을 기사, 칼럼, 통계 자료 등을 제시하며 논의한다면 사람들이 문제의식을 갖고 책을 대하게 된다. 함께 읽은 책과 유사하거나 대척점에 놓인 책 이야기를 나눠도 좋다. 다른 작품이나 작가와의 공통점, 차이점을 짚어 보다 보면 읽은 책을 더 분명하게 이해할 수 있다. 다음에 읽을거리가 꼬리에 꼬리를 물게 되기도 한다.

책과 유사한 소재나 주제를 다룬 영화, 드라마, 다큐멘터리, 만화 등의 영상을 펼쳐 놓으면 회원들이 책 내용을 더욱 쉽게 여기며 흥미롭게 이야기를 나눌 수 있다.

☺

가뿐한 책 놀이로
아이스 브레이킹!

"이번 정모는 참여자가 많아서 북적일 것 같으니 다행이에요."
"다음 정모는 책이 딱딱해서 썰렁할 거 같지 않아요?" 운영자라면
정모 분위기에 신경이 쓰일 수밖에 없다. 얼마 안 된 모임인데 가
라앉은 정모 분위기가 지속된다면 모임 존폐까지도 걱정하게 된
다. 오래된 모임이라도 침체기에 접어들 수 있어서 부담스럽긴 마
찬가지다. 그러다 보니 정모 분위기 침전의 이유를 나름 진단해
보고 분위기 반전의 해법을 찾아보는 운영자도 있다.

그날그날 정모 분위기를 좌우하는 요소에는 모임 시간, 장소,
계절 혹은 날씨, 참여자, 발제자, 발제지, 신규 가입자의 참여 등
여러 가지가 있다. 그중에서 책이 차지하는 비중도 만만치 않다.
운영자의 우려가 책으로 쏠린다면 그날의 책은 읽기에 어렵고 묵
직하고 복잡할 거라는 예상을 할 수 있다. 이런 책으로 하는 정모

가 다소 진지하거나 탐구심 돋는 분위기라면 걱정할 필요가 없겠지만, 이야기 온도가 지나치게 차가워질까 봐 조심스럽다면 준비해 보자. 잠시라도 살짝이라도 분위기를 띄울 수 있는 소소한 책 놀이를.

독서모임에서 할 만한 책 놀이

‘책 놀이’라는 표현이 생소하게 여겨질 수도 있지만, 그 뜻은 짐작할 수 있을 것이다. 쓰는 사람에 따라 대상도 범위도 방식도 다르겠지만, 여기서는 대략 ‘책으로 할 수 있는 놀이’ 정도로 생각하면 될 듯하다. 인터넷 서점에서 ‘책 놀이’를 검색하면 유아 대상 놀이책이 많이 나오고, 학교 도서관 사서 교사들이 집필한 책도 확인할 수 있다. 아무래도 아이들에게 책을 읽히고 싶은데 지루하면 안 읽을 테니, 놀이하듯 재미 요소를 가미한 활동을 통해 아이들이 책을 즐겁게 읽을 수 있도록 하려는 의도가 반영된 것 같다. 이런 책에서 소개하는 책 놀이는 대체로 도서관이나 교실에서 할 만한 프로그램이라 사전에 준비도 필요하고 시간이 오래 걸리는 경우가 많다. 그래서 부분적인 아이디어 정도만 참고할 수밖에 없다.

독서모임에 필요한 건 누워 있는 분위기를 일으켜 세울 수 있을 정도의 활동이다. 따라서 익숙한 오리엔테이션이나 워크숍 등의 단체 행사, 소소한 모임 등에서 흔히 활용하는 아이스 브레이킹 활동을 변형해서 적용하는 것이 더 효과적이다. 그런 아이디어를 접목해서 색다른 방식으로 책을 나누면 책을 보는 시선이 달라지기도 한다. 그렇게 책 놀이를 하다 보면 회원들의 다른 모습을 보게 될 수도 있다. 할 수 있는 활동을 얼마든지 시도해 볼 수 있겠지만, 참여자나 공간의 제약이 있을 수 있고 사전 준비가 필요할지도 모른다. 여기서는 특별한 준비 없이 가볍게 할 수 있는 몇 가지 책 놀이를 소개한다.

아무튼 퀴즈: 정모 시작과 동시에 책 내용을 확인할 때 활용하기 좋은 방법이다. 책 내용에 대한 단답형 퀴즈, 빈칸 채우기, OX 퀴즈, 스피드 퀴즈 등이 있다. 팀을 나눠서 진행하면 사람들이 더욱 적극적으로 참여한다. 이때 상대팀이 문제를 내게 하면 상상하지 못한 현미경식 질문이 등장하기도 한다. 시간 여유가 있다면 책 내용으로 '도전 골든벨'을 진행해도 좋다. 이 방식은 개념 설명이나 정보가 많은 책일 때 효과적이다.

빙고: 누구나 진행 방식을 잘 알고, 어느 상황에서나 쉽게 활용할 수 있는 빙고는 독서모임에서도 꽤 유용하다. 책의 핵심 키워드를 주제로 정해서 진행하면 내용을 파악하기에 좋다. 책을 읽으

면서 좋았던 문장으로 진행할 수도 있다. 예를 들어 각자 3×3 혹은 5×5 규격의 빙고판을 만들고, 빈칸에는 핵심 키워드나 좋다고 느낀 문장 일부를 적는다. 이후 순서를 정해 돌아가면서 한 가지씩 말한다. 3~5줄이 먼저 완성되면 승리. 책 속에서 좋게 느낀 문장이 비슷할 것 같지만, 은근히 차이가 나서 더 흥미를 느낄 수 있다. 사람들이 각자 쓴 문장을 고른 이유를 들어 보는 것도 재미있다. 개인전으로 진행해도 되지만, 자칫 산만해질 수 있다. 팀전으로 진행하면 경쟁이 치열해져서 누구나 즐겁게 참여할 수 있다.

특징 순위 매기기: 책을 더욱 다각도로 살펴볼 수 있는 방법이다. 먼저 함께 읽은 책의 특징을 각자 생각해 보고 순위를 매겨서 정리하도록 한다. 표지, 가독성, 주석, 서술 방식, 용어 설명, 작가의 논점이나 시선, 근거, 캐릭터, 배경 묘사, 가격, 독자 리뷰 등 책에 관련된 모든 것이 순위 요소가 될 수 있다. 한 사람씩 공개하면서 순위에 대해 가볍게 코멘트하도록 한다. 이를 통해 회원들의 책에 대한 생각 차이와 읽기 성향을 확인할 수 있다. 팀을 나눠 진행할 수도 있다. 팀별로 책의 특징에 대해 중요도 순으로 랭킹을 정하고 각각 점수를 매긴다. 각 상대팀은 그 랭킹을 예측해서 맞힌다. 제한된 기회에서 점수를 더 많이 획득한 팀이 승리한다.

가상 인터뷰: 핫시팅Hot seating은 한 사람이 이야기 속 인물이 되고, 나머지는 그에게 질문을 하는 방식으로 진행하는 교육 연극 기법이다. 이 방법을 모임에서 활용할 수도 있다. 정모 책이 문학 작품이라면 회원 중 한 명 혹은 몇 사람에게 책 속 주인공이나 특정 인물, 화자 등의 역할을 맡도록 한다. 나머지 사람은 그에게 궁금한 점을 묻거나 하고 싶은 말을 하는 식으로 인터뷰한다. 물론 문학이 아니어도 이 방법을 활용할 수 있다. 책의 저자, 책에서 언급한 대상, 책의 예상 독자 등 유의미한 이야기가 나올 수 있을 법한 대상을 정해서 진행하면 된다. 처음에는 조금 어색하고 민망할 수 있지만, 빠져들면 엉뚱하면서도 기발한 의견이 불쑥 튀어나와서 모임을 한층 흥미롭게 만든다.

다시 쓰기: 소설을 함께 읽고 정모를 하면 작품 속 인물, 인물이 처한 상황, 인물의 태도 등을 놓고 회원들 간의 엇갈리는 시선을 나누는 재미가 있다. 이런 재미를 확장하기 위해 회원들 각자가 작가가 되어 보는 것도 좋다. 소설 주인공의 책 속 이야기 이전 혹은 이후의 상황을 만들어 보는 것이다. 주인공이 아닌 주변 인물을 중심에 놓고 이야기를 재구성해도 된다. 낯선 상황을 만들거나 엉뚱한 인물을 등장시키는 등 회원들의 참신한 아이디어를 기대해 봐도 좋겠다. 회원들이 알 만한 개성 있는 작가나 영상 연출자가 이 작품을 패러디하거나 뒷이야기를 만든다면 어떨까에 대해

서도 상상하며 이야기 나눌 수 있다.

키워드 젠가: 젠가는 나무 블록 여러 개로 쌓은 탑을 가운데 놓고, 참여자들이 돌아가면서 블록을 하나씩 빼며 진행하는 보드게임이다. 한 번쯤 해 봤거나 아는 사람이 많아서 누구나 친근하게 여길 것이다. 이 게임을 정모에서 활용하려면 시작하기 전에 책의 주요 키워드를 종이테이프나 포스트잇에 적어 놓는다. 노래, 춤, 개인기 등 가벼운 벌칙이나 기타 미션 같은 것도 쓴다. 그리고 그 메모한 것을 블록의 한 면에 하나씩 붙인 뒤 탑을 쌓는다. 이제 순서를 정해 돌아가면서 블록을 뺀다. 키워드를 뽑으면 그에 대한 느낌이나 생각을 이야기한다. 이런 방식으로 게임을 하다 보면 책얘기가 줄거나 벌칙으로 빵 터져서 산만할 때도 있지만, 유쾌한 분위기를 유지하며 모임을 진행할 수 있다.

☺

그림책은
힘이 세니까

"5~6학년만 되어도 그림책 읽기를 꺼려요. 그림책은 저학년이나 보는 책으로 여기는 거죠." 한 초등학교 선생님에게 들은 이야기다. 초등 고학년부터 시작된 무시가 굳어져서 그림책을 하찮게 여기는 어른이 적지 않다. 한두 권만 제대로 읽고 이야기 나눠도 그림책을 쉽게 생각하지는 않을 텐데. 다행스럽게도 그림책에 관심을 가지는 어른들이 점점 많아지고 있다. 폭넓은 주제, 깊이 있는 내용, 완성도 높은 그림, 참신한 구성 등 읽고 싶고 소장하고 싶게 만드는 그림책이 많이 출간되고 있기 때문이다. 독서모임에서도 풍부한 이야깃거리와 개성 있는 그림이 그득한 그림책 몇 권을 함께 읽고 이야기 나누다 보면 시간 가는 줄 모르게 된다.

그림책으로 정모를 하자고 하면 회원들 반응이 갈린다. 가벼운 이벤트로 여기는 사람도 있지만, 신선한 읽을거리에 기대를 보이는 사람도 있다. 그림책은 정모 날에 모여서 함께 읽는 경우가 많다. 따라서 책을 구하려고 애쓰지 않아도 되고, 완독에 대한 부담도 없다. 그래서인지 정모 참여율이 높아지기도 한다. 물론 처음부터 회원들의 반응이 좋았던 것은 아니다. 몇 년 전에 처음 그림책으로 정모를 하자고 했을 때는 자신을 무시한다고 여기거나 도대체 뭘 하려는지 모르겠다는 시선이 지배적이었다. 그래서 우선은 정모 대신 그림책 읽는 소모임을 만들어 관심 있는 사람만 함께하기로 했다. 그때 그림책을 읽은 사람들의 만족도는 높았고, 점점 여러 나라의 좋은 그림책이 다양하게 출간되고 그림책에 대한 사회적 관심이 높아지면서 모임에서 그림책 읽기는 더 이상 어색하지 않게 되었다. 최근에는 모임이 없더라도 좋은 그림책을 발견하면 서로 공유할 정도로 그림책을 즐기는 사람이 많아졌다.

여전히 그림책을 불편하게 생각하는 사람이 모임에 있을 수도 있다. 그런 사람과 좋은 그림책을 함께 읽으면서 편견을 녹이면 좋겠지만, 그의 거부 벽이 단단하다면 그림책이 좋은 이유부터 설명할 필요가 있겠다. 그를 회유할 굳센 근거를 마련하고자, 꾸준히 나오는 그림책을 일일이 읽고 주변 아이들과 선생님에게 소개해 주는 두 분을 만나 이야기를 들어 봤다.('함께 읽을 만한 그림책'은 부록 3 참고)

　"독서모임에서 그림책을 함께 읽으면 좋은 이유 가운데 하나가 '동시성'이에요. 그림책은 한 권을 여러 사람이 동시에, 그것도 길지 않은 시간에 같이 볼 수 있어요. 책을 미리 읽어 오지 않은 사람도 둥글게 둘러앉은 자리에서 그림책을 보고 이야기 나눌 수 있어요. 또 글과 그림이 함께 있는 그림책은 독자에게 느긋한 여유로움과 시각적 즐거움을 선물해요."(신현주 서울 중원초 교사, 『그림책 레시피』 저자)

　"일단 책 읽는 시간이 절약돼요. 모임 자리에서 바로 다 읽을 수 있고, 읽는 동안의 감상을 곧바로 이야기 나눌 수 있지요. 좋은 그림책에는 아이는 아이대로, 어른은 어른대로 느낄 수 있는 감동 포인트가 있어요. 어른은 그림책을 통해 정제된 글과 풍부하고 아름다운 조형을 만남으로써 작가가 그리는 세계를 쉽게 이해할 수 있어요. 또한 같은 글이라도 그림과 함께 있을 때 어떻게 달라질 수 있는지 알게 돼요. 간단한 지식에서 심리적인 부분까지 다양한 영역의 광범위한 주제를 다루기에 그림책만으로도 충분하다는 것을 알 수 있게 돼요. 진심을 다해 그린 이미지와 함께 아주 사소한 것에서 나오는 행복이 무엇인지도 깨닫게 되고요."(김혜진 그림책보다연구소장, 『그림책 활동수업』 저자)

최근 다양한 그림책이 출간되고 있다. 그런데 유아용부터 성인을 겨냥한 그림책까지 대상 폭이 넓다 보니 그림책을 많이 접하지 못한 사람이라면 책을 선택하기가 쉽지 않다. 게다가 그림책을 읽고 누군가와 이야기를 나눠야 한다면 도대체 무엇에 관해 어떠한 이야기를 나눠야 할지 막막하기도 하다. 그림책 고르는 법과 읽는 법, 모임에서 나눌 이야기 등을 소개한다.

그림책을 고를 때

그림책으로 독서모임을 하기로 했다면 함께 읽을 만한 책부터 찾아야 한다. 다행히도 요즘에는 그림책을 다룬 자료가 많다. 인터넷 서점에서 조금만 검색해 보면 그림책에 대한 이론서, 에세이, 북 큐레이션 등을 쉽게 찾을 수 있다. 포털 사이트나 블로그, 유튜브에서도 다양한 정보를 얻을 수 있다. 그림책 정보를 다양하게 살펴볼 수 있는 사이트로는 '가온빛 그림책 놀이 매거진'과 '그림책 박물관'이 있고, 블로그 '꼬맹이 언니네', 팟빵의 '혜성 프로젝트'와 '행복한 그림책 놀이터' 등이 있다.

모임에서 그림책을 처음 읽는다면 화려하거나 개성 있어 보이는 그림 위주의 책보다는 주제가 명확해 보이는 책을 고르는 게 낫다. 예쁜 그림에 재밌는 소재의 책이 끌리긴 하겠지만, 읽고 나서 대화를 나누려 하면 이야깃거리가 부족할 수 있다. 그림책은 글밥이 적고 메시지를 시각화해서 표현하기에 얼핏 보면 쉽고 가벼워 보이지만, 압축적으로 제시된 의미를 이해하기 위해 깊은 생각이 요구되는 그림책도 적지 않다. 특히 그림을 스치듯 지나치고 온전히 읽어 내지 못한다면 겉핥기에 머물 수도 있다.

이야기 위주의 그림책뿐만 아니라 인문, 과학, 사회 분야의 지식이나 생각거리를 담은 그림책도 있다. 그러므로 모임에서 그림책을 읽기로 했다면 골고루 찾아보고 미리 읽어 보기도 하면서 어느 정도 대화를 끌어낼 수 있을 만한 책을 골라야 한다. 모임 시간의 충분한 활용과 회원들의 만족도를 고려한다면 특정 주제에 관한 그림책 3~5권을 정해서 함께 읽는 것도 괜찮다.

그림책을 읽을 때

그림책이 정해졌다면 회원들이 각자 읽어 오는 것도 괜찮지만, 되도록 책을 준비해 와서 사람들과 함께 읽기를 권한다. 이렇게 하면 회원들은 부담 없이 모임에 참여할 수 있고, 책에 대한 몰입도가 높아지기도 한다. 모인 자리에서 회원들끼리 몇 권의 책을 돌려 가면서 읽을 수도 있다. 이 경우 참여 인원이 많다면 책을 더 넉넉히 준비해야 한다.

그림책을 많이 접하지 못한 사람이라면 그림책을 읽는 특별한 방법 같은 게 있다고 생각할 수도 있다. 하지만 그런 방법 같은 건 없다. 그림을 찬찬히 꼼꼼하게 두루두루 바라보면서 곰곰이 생각해 보면 된다. 그저 글만 읽고 그림을 휙휙 지나가지만 않는다면 괜찮다. 잘 모르겠으면 다음을 참고해 보자.

첫째, 앞표지부터 면지, 뒤표지까지 빠트리지 않고 글과 그림을 함께 읽는다. 특히 앞표지와 뒤표지는 쭉 펼쳐서 한눈에 볼 수 있도록 해 보자. 그러면 작가의 숨은 의도를 확인할 수도 있을 것이다.

둘째, 글보다 그림을 읽는 데 시간을 더 들여 보자. 내용이나 메시지가 어떻게 표현되었는지 각 장면의 그림을 꼼꼼히 살펴보자.

셋째, 책 전체 흐름을 생각하면서 장면 간의 연결도 살펴야 한다. 부분적으로 표현에 변화를 주는 경우도 있으니 맥락을 잘 파악해야 한다.

넷째, 그림이 글을 묘사하기도 하고 보충하기도 한다. 글이 그림의 일부처럼 쓰이기도 하고, 이 글에 이 그림이 맞나 싶을 정도로 어색한 경우도 있다. 글과 그림의 관계를 생각하면서 읽자. 한 장면 안에서 글과 그림의 배치를 보고 각각의 역할을 생각하면서 읽어 보자.

다섯째, 글 위주로 읽고 그림은 빠르게 훑는다면 그림책의 맛을 느낄 수 없다. 글을 읽고 그림을 보고 책장을 넘기는 것이 전체 이야기의 속도를 만든다. 이야기를 제대로 읽고 더 오래 기억하려면 그 속도를 조절하며 읽을 필요가 있다.

그림책을 말할 때

그림책만 읽는 모임도 아니고, 그림책에 뜻이 있는 사람들의 공부도 아니고, 그림책 전문가도 아니고, 그저 독서모임에서 가끔 그림책을 읽고 나누고자 한다면 그림책을 특별하게 여기지 않는 게 나을 수 있다. 그림책 한번 제대로 읽겠다고 그림책 이론서를 보고 유명하다는 그림책을 잔뜩 찾아서 본다면 오히려 그림책에 대한 흥미나 관심도가 떨어질 수 있다. 특히 구성원 대부분이 그림책을 낯설어하거나 그림책에 별로 관심이 없다면 평소에 읽는 책처럼 읽고 이야기 나누는 것이 낫다. 보통 모임에서 장르 문학, 그래픽 노블, 과학서, 경제서 등을 잘 몰라도 관심 가는 대로 되는 대로 읽었듯이, 그림책도 읽고 나서 느끼고 생각한 것들로 이야기를 나누면 된다. 다음 사항을 참고한다면 어렵지 않게 그림책으로 이야기를 나눌 수 있을 것이다.

첫째, 그림책의 장면, 즉 그림에 관해 이야기를 나눈다. 그림책을 다 읽고 덮었을 때 생각나는 장면이 무엇인지 물어도 좋다. 서로 이야기를 나눈 다음에 다시 그림만 보기로 한다.

둘째, 공감이 갔던 문장이나 그림, 내용을 말하면서 자연스레 각자의 이야기를 꺼내도록 한다.

셋째, 그림책을 읽다가 불편하게 여겨진 점, 왜 이렇게 표현했을까 궁금한 점, 작가가 전하고자 하는 점에 대해 각자 이야기해 본다.

그림책을 부분적으로 활용할 수도 있다. 인권, 환경, 자존감 등 특정 주제로 이야기를 나누면서 주제를 환기하기 위해, 그림의 스타일이나 구성의 묘를 살린 부분 등 미적으로 인상 깊은 장면에 대해 이야기를 나누기 위해, 유사한 소재나 주제를 다룬 작품 몇 가지를 나란히 놓고 서로 비교해 보기 위해 그림책을 활용하는 것도 효과적이다. 독서모임에서 그림책을 읽어야 하는 이유는 차고 넘치므로 무시로 사람들과 그림책을 펼치고 도란도란 이야기 나누면 좋겠다.

그림책에 관한 책

그림책에 관한 책이 꾸준히 출간되고 있다. 특히 그림책 읽는 어른의 에세이나 북 큐레이션이 많다. 지역의 공공 도서관, 평생 교육관, 책방 등에서 여는 그림책 강좌도 쉽게 볼 수 있다. 그만큼 그림책을 향유하는 어른이 많아졌다는 뜻이다. 아는 만큼 보이고 더 많이 알수록 감상의 폭도 넓어질 테니 그림책을 더 알고 싶은 사람이라면 그림책에 관해 말하는 책을 골고루 읽어 보면 좋겠다. 주변에서 그림책 좀 아는 분들에게 읽을 만한 관련 도서를 추천받았다. 책마다 설명하는 내용이나 얻을 만한 정보가 다르므로 목차를 살펴보고 알고 싶은 내용만 골라서 읽는 게 낫겠다. 아무래도 이론서가 지루할 것 같다면 그림책 작가들의 이야기를 읽는 것도 생각해 보자.

<그림책 이해를 돕는 책>

『그림책의 모든 것』, 마틴 솔즈베리·모랙 스타일스, 시공아트

『100권의 그림책』, 마틴 솔즈베리, 시공아트

『그림책의 이해』, 현은자·김세희, 사계절

『그림책은 재미있다』, 다케우치 오사무, 문학동네

『그림책은 작은 미술관』, 나카가와 모토코, 주니어김영사

『그림책의 힘』, 가와이 하야오·마츠이 다다시·야나기다 구니오,
마고북스

『그림책, 해석의 공간』, 이성엽, 마루벌

<그림책 작가의 이야기>

『유럽의 그림책 작가들에게 묻다』, 최혜진, 은행나무

『한국의 그림책 작가들에게 묻다』, 최혜진, 한겨레출판

『그림책 작가의 작업실』, 후쿠인칸쇼텐「어머니의 벗」편집부,
한림출판사

『우리 그림책 작가를 만나다』, 정병규, 보리

『존 버닝햄』, 존 버닝햄, 비룡소

『이수지의 그림책』, 이수지, 비룡소

『나의 작은 화판』, 권윤덕, 돌베개

☺

청소년책이
어때서

예나 지금이나 한국 청소년 대다수는 입시 경쟁으로 힘든 시간을 보내고 있지만, 교과서와 참고서는 예전에 비해 나아진 듯 보인다. 내용 구성, 디자인, 가독성 등 여러 부분이 좋아져서 얼핏 보면 교과서인지 모를 정도다. 이렇게 점점 화려해지는 교과서를 보충하면서도 교과서에는 담을 수 없는 기발하거나 폭넓은 내용이 실린 청소년책이 다양하게 출간되고 있다.(여기서 '청소년책'은 청소년을 대상으로 제작한 책으로 한정한다.)

문학 분야에서는 누구나 한 번쯤 들어 봤을 『완득이』, 『아몬드』, 『페인트』 등 다양한 주제의 개성 있는 작품이 꾸준히 출간되고 있다. 이런 책은 청소년을 넘어 다양한 독자층의 관심을 받고 있어서 굳이 '청소년책'에 가둬서 이야기하지 않는다. 인문·사회·과학·예술 분야에서는 깔끔한 디자인, 풍부한 자료, 높은 가독성, 쉬운 설명을 내세운 책들이 너른 교양의 세계로 독자를 끌어당긴다.

주요 독자를 청소년으로 정하고 만들어서 앞에 '청소년'이 붙었을 뿐, 내용도 깊이도 성인 대상 책에 뒤처지지 않는다. 오히려 내용을 쉽게 풀면서 흥미를 돋우는 구성을 더해 읽기가 수월하다. 함께 읽고 이야기 나눌 만한 내용을 친절하게 정리해 놓은 책도 있어서 독서모임에서 다루기 딱이다. 청소년책이라고 무시하지 말고 모임에서 함께 읽기를 권한다. 꾸준히 청소년책을 검토하는 선생님들의 이야기와 추천 책을 소개한다.

✓ 독서모임에서 청소년책을 읽으면 좋은 이유

"청소년책은 독자를 청소년으로 가정하고 쓴 책이거든요. 단어와 설명이 쉽습니다. 기초 단계부터 설명해 줘요. 예시도 우리 주변에서 흔히 찾아볼 수 있는 것이나 기발한 상상을 바탕으로 하죠. 분량도 많지 않아요. 200~300쪽 정도로 두세 시간이면 읽을 수 있어요. 그러면서도 미래의 어른에게 필요하거나 의미 있을 만한 주제를 찾아 펴낸 책들이 가득합니다. 환경, 사회, 과학, 역사 등 '지금', '여기'의 이야기를 들려주고 있어요. 학교에서 권장 도서, 수업 활용 도서의 형태로 이미 검증받은 책이라는 장점도 있습니다.

심지어 한 책을 읽으면 다음에 읽을 책의 힌트를 주는 책도 많아요. 작가의 다른 책으로 독서가 이어지는 것은 기본입니다. 나아가 이름에 '10대'가 들어간 시리즈처럼 다양한 분야에 수평적으로 접근할 수 있는 책, 참고 도서를 통해 더 깊은 내용에 수직적으로 접근할 수 있는 책도 있죠. 게다가 아름다움과 가족 독서의 가능성도 갖추고 있어요. 청소년책은 학생들이 좋아할 만한 디자인으로 제작돼요. 청소년책만 디자인을 신경 쓰는 건 아니지만, 성인 대상 책보다 표지와 삽화의 영향이 더 크거든요. 표지가 예쁜 책은 그냥 테이블 위에 두기만 해도 청소년이 관심을 가질 수 있죠. 직접 읽으셨다면 내용을 소개해 주시면서 함께 읽어 볼 수도 있고요!

최근 제가 관심을 가지고 보았거나 독서모임에서 함께 읽으면 좋을 청소년책을 소개해 드릴게요. 온라인 서점 청소년 도서 분야에 있는 책으로 골랐고, 다른 책으로 관심사를 확장시킬 수 있는 책을 우선으로 했어요."(박장순 수원 연무중 사서 교사)

<박장순 선생님의 추천 도서>

#SNS #미디어리터러시 #가족

『나를 팔로우 하지 마세요』, 올리버 폼마반, 뜨인돌('VivaVivo' 시리즈)

#가족 #SF #편지

『세계를 건너 너에게 갈게』, 이꽃님, 문학동네('문학동네 청소년' 시리즈)

#2차창작 #다시읽기

『두 번째 엔딩』, 김려령 외, 창비('창비 청소년 문학' 시리즈)

#학교폭력

『미안해 스이카』, 하야시 미키, 놀('놀 청소년 문학' 시리즈)

#가족 #연작소설

『가족입니다』, 김해원 외, 바람의아이들('반올림' 시리즈)

#친구 #연작소설 #독서 #사랑

『오늘의 급식』, 기사라기 가즈사, 라임('라임 청소년 문학' 시리즈)

#과학 #환경 #생태

『환경과 생태 쫌 아는 10대』, 최원형·방상호, 풀빛('과학 쫌 아는 십 대'
시리즈)

#미디어 #평등 #존중

『이 장면, 나만 불편한가요?』, 태지원, 자음과모음('자음과모음 청소년
인문' 시리즈)

#고전

『10대를 위한 나의 첫 고전 읽기 수업』, 박균호, 다른('나의 첫 수업' 시리즈)

#쇼핑 #마케팅

『쇼핑의 미래는 누가 디자인할까?』, 황지영, 휴머니스트('곰곰문고' 시리즈)

#자존감 #도전 #에세이

『포기할까 했더니 아직 1라운드』, 김남훈, 자음과모음('십 대를 위한 자존감 수업' 시리즈)

#심리학 #힐링

『십 대를 위한 첫 심리학 수업』, 이남석, 사계절('사계절 1318 교양문고' 시리즈)

✅ 어른이 청소년 문학을 읽으면 좋은 이유

"우리는 자신이 누구인지를 추구하는 과정에 긍정적 자기 평가와 부정적 자기 진단 사이에서 갈등을 겪습니다. 어린아이와 어른의 경계에 서 있는 청소년의 고민은 타인을 이해하고 그들과의 관계 속에서 자신의 모습을 그려 보는 반성과 성찰의 시간으로 이루어집니다. 지금 어른들이 겪는 고민의 원형이 다양한 청소년 문학에 녹아 있습니다. 청소년 문학은 지나온 과거의 자신을 소환하게 하고, 현재 진행형인 타인과 세계를 향한 궁금증을 이어 주며, 앞으로 어떻게 살아야 할지를 마주하게 합니다.

　서로 다른 경험과 배경지식을 가진 성인들의 독서모임은 이해와 감상에서 흥미로운 차이를 보일 때가 많습니다. 청소년 문학은 가정과 학교라는 공간, 가족과 친구라는 관계, 불안과 상처라는 정서를 공유하며 십 대를 보냈던 어른들이 놓쳐 버린 과거이자 지금까지 이어지는 질문들의 출발점입니다. 성인들은 청소년 문학의 주인공을 통해 지난날 치열하게 고민했던 문제를 일정한 거리를 두고 객관화하여 바라볼 수 있게 됩니다. 청소년 문학은 자신과 같은 경험을 했지만, 다른 방식으로 고민하는 청소년들의 생각을 엿볼 수 있는 기회이자 공감과 배려를 통해 서로 소통할 수 있는 훌륭한 실마리입니다."(왕지윤 인천 보건고 국어 교사)

<왕지윤 선생님의 추천 도서>

『행운이 너에게 다가오는 중』, 이꽃님, 문학동네

누군가에 대한 순수한 호기심을 잃어버린 건 언제였을까. 착한 오지랖을 펼치는 순간, 모든 것이 달라지는 도미노 게임.

『순례 주택』, 유은실, 비룡소

아파트 브랜드가 동네 이름을 대신하는 자본주의의 셈법을 맹신하는 철부지 어른들. 그들에게 보내는 유쾌하고 따끔한 동화.

『XXL 레오타드 안나수이손거울』, 박찬규 외, 제철소

자신의 연약함을 들키지 않기 위해 타인에게 공격성을 드러내는 아이들이 나오는 청소년 단편 희곡집. 작가 노트, 연출 노트, 무대 노트를 읽는 재미가 쏠쏠함.

『호통판사 천종호의 변명』, 천종호, 우리학교

소년법 연령 하향에 대한 논란이 뜨거워진 지금, 제대로 된 꾸짖음의 의미를 곱씹어 보게 만드는 목소리가 담긴 책.

『곁에 있다는 것』, 김중미, 창비

"난장이가 쏘아올린 작은 공"의 마을, 은강에서 벌어지는 가난의 연대기. 바뀐 것은 무엇이고 그럼에도 바뀌지 않은 것은 무엇일까.

『사랑하는 안드레아』, 룽잉타이·안드레아 발터, 양철북

아들의 열네 살을 함께해 주지 못한 엄마가, 열여덟 살이 된 아들과 주고받은 서른여섯 통의 편지가 담겼다. 그 기록이 따뜻한 감동을 전한다.

『아무것도 모르면서』, 김태호 외, 서유재

고백을 테마로 펼쳐지는 여섯 작가의 다채로운 상상력을 만날 수 있
는 책.

『학교에 오지 않는 아이』, 세이노 아쓰코, 라임

학교에 오지 않는 아이의 책상에 앉아, 그 아이가 보고 있던 것을 떠올리
는 마음이 곱다. 애써 매듭지지 않은 엔딩이 더 많은 여운과 감정을 불러
온다.

『우리들의 문학시간』, 하고운, 롤러코스터

과학고 국어 수업 3년의 이야기라는 부제에 거부감은 잠시 내려놓자.
책 속에 인용된 글들을 찾게 만드는 즐거운 수업 일기.

『우리들의 오소리』, 앤서니 맥고완, 봄의정원

자신을 스스로 돌볼 수 없는 형이, 엄마 잃은 오소리와 부상당한 개를
데리고 왔을 때 어린 동생은 어떤 심정이었을까.

『족제비』, 신시아 디펠리스, 찰리북

인간 사냥꾼에 대한 흉흉한 소문이 가득한 개척 시대, 끊임없이 선택
하고 결정을 내려야 하는 남매의 여정.

『소년과 두더지와 여우와 말』, 찰리 맥커시, 상상의힘

읽을 때마다 느낌이 달라지는 문장의 여운, 강약을 조절하며 그려진
개성적인 일러스트로 만들어진 새로운 어린 왕자.

『알로하, 나의 엄마들』, 이금이, 창비

일제 강점기, 하와이에서 날아온 사진 한 장에 운명을 걸었던 이민 1세대 여성들의 이야기.

『다윈 영의 악의 기원』, 박지리, 사계절

주변 인물들의 저항과 질투를 무력화시키다가 무섭게 진화하는 다윈 영의, 특별한 디스토피아적 성장 소설.

『죽은 경제학자의 이상한 돈과 어린 세 자매』, 추정경, 돌베개

대안 화폐 공동체에서 살게 된 무허가 컨테이너촌 출신 세 자매 이야기. 돈의 이상한 속성을 간파한 죽은 경제학자들의 아이디어가 담겼다.

『파도』, 토드 스트라써, 서연비람

나치의 탄압에 왜 그 많은 독일인들은 침묵했는가. 실제 나치 시대의 분위기를 느낄 수 있는 가상 실험에서 발생한 의도치 않은 격정의 파도를 만나 보자.

『유원』, 백온유, 창비

사람들은 잘 모른다. 사고 뒤에 살아남은 사람들, 기적의 주인공들이 구체적으로 어떤 삶의 무게를 지니고 살아가는지.

『너만 모르는 엔딩』, 최영희, 사계절

쓸데없이 무겁지도, 무섭지도 않은 외계인들의 등장. 통쾌한 복수 5부작의 연주가 펼쳐진다.

"청소년 인문 도서는 시류를 잘 반영합니다. 책을 통해 사회의 요구와 변화를 엿볼 수 있어요. 물론 어른용 책도 시류에 맞게 빨리 나오지만, 가끔은 너무 어렵거나 판매에만 초점을 맞춰 만든 책도 있어요. 청소년들에게 읽히기 위해서는 균형을 잘 맞춰야 하고 엉터리 정보를 줄 수 없습니다. 그래서인지 청소년책이 성인 대상 책보다 아쉬운 책이 덜한 편이에요.

그리고 청소년책은 이해하기 쉽도록 쓰기 때문에 어른들이 읽어도 개념이나 내용을 편안하게 파악할 수 있다는 장점이 있지요. 특히 성교육서 같은 책은 성에 대한 기본 지식은 물론 인권, 존중의 문제까지 다루고 있어서 어른들도 보면 좋을 거 같아요."(이호은 의정부 경민여중 전문 상담 교사)

『가상현실, 너 때는 말이야』, 정동훈, 넥서스

　　4차 산업 혁명 시대를 맞이하여 미디어와 가상 현실 이야기를 잘 설명해 준다.

『학교에서 가르쳐 주지 않는 노동 이야기』, 오승현·안다연, 개암나무

　　노동 인권을 쉽게 설명하면서 청소년 노동에 관한 이야기도 언급한다.

『옷장을 열면 철학이 보여』, 쥘리에트 일레르·세실 도르모, 탐

　　픽토그램으로 구성된 철학사를 쉽게 설명해 주는 책인데, 제법 깊이도 겸하고 있다.

『돈의 교실』, 다카이 히로아키, 웅진지식하우스

　　번역에 공들였고 내용도 좋다! 지금까지의 청소년 경제서 가운데 단연 최고다.

『사회학 용어 도감』, 다나카 마사토·가츠키 타카시, 성안당

　　알아 두면 도움이 될 만한 사회학 용어들을 짧은 설명과 유쾌한 일러스트로 풀어 준다.

『도대체 페미니즘이 뭐야?』, 율리아네 프리세·우다민, 비룡소

　　다양하면서도 균형 잡힌 시선으로 페미니즘을 명쾌하게 설명한 책.

『우정이 맘대로 되나요』, 문지현·박현경, 글담출판

　　사춘기 여학생들의 고민을 편지 형식으로 솔직하게 담고 있어서 청소년 세계를 들여다보기 좋다.

『이야기한다는 것』, 이명석, 너머학교

이야기를 구성하는 여러 주제를 다루고 있다. 글쓰기를 비롯해 이야기 자체를 이해할 수 있는 책.

『그건 네 잘못이 아니야!』, 피트 월리스·탈리아 월리스·조지프 윌킨스, 봄풀출판

성에 관한 오해나 대처 방식 등을 이야기에 녹여서 설명하는데, 실질 적이어서 이야기 나누기 좋다.

『14살에 처음 만나는 서양 철학자들』, 강성률·서은경, 북멘토

11명의 철학자를 통해 살펴보는 서양 철학사. 기본 개념을 잘 설명해 서 철학 입문서로 좋다.

『10대와 통하는 스포츠 이야기』, 탁민혁·김윤진, 철수와영희

스포츠에 얽힌 여러 이야기를 엮어서 스포츠에 대한 흥미를 일깨워 주 는 책.

『헌법 다시 읽기』, 양지열, 자음과모음

헌법 전문을 쉽게 풀어 주는 책. 헌법이 어려운 어른도 읽어 봄 직하다.

『슬기로운 뉴스 읽기』, 강병철, 푸른들녘

다양한 사례를 들어 가짜 뉴스를 설명한다. 요즘 같은 시대에는 꼭 필 요한 책.

『질 좋은 책』, 정수연, 위즈덤하우스

성교육책. 아이들이 실질적으로 알고 싶어 하고 직면해 있는 문제를 가감 없이 다룬다.

『별난 사회 선생님의 수상한 미래 수업』, 권재원, 우리학교

사회, 경제, 문화 전반에 걸쳐 미래에 관한 이야기를 다루는 책. 어떻게 미래를 준비해야 할지 생각해 보자.

✅ 어른이 청소년 과학책을 읽으면 좋은 이유

"과학을 전공하지 않은 사람들의 과학 지식은 고등학교 수준에서 멈추기 마련이에요. 고등학교를 졸업하고 과학 분야의 지식을 접하지 못했기에 낯설고 어떤 책을 읽을지 모르겠죠. 그래서 과학을 주제로 한 독서를 시작하기에 가장 좋은 방법은 중고등학교 수준의 과학 교양서를 읽는 거예요. 폭넓은 주제를 다룬 책을 읽어도 좋고, 궁금한 부분이 생기면 주제를 좁혀서 관련 책을 읽어도 좋아요. 청소년책은 과학적 설명을 쉬운 방식으로 풀거나 복잡한 내용을 박스로 처리해서 설명해 줘요. 모르는 부분은 자세히 읽으면 되고, 알면 넘어갈 수 있게 되어 있어요. 이 단계를 거친 뒤에 고전에 해당하는 과학책을 읽으면 개념이 뒤틀리지 않고 줄기를 잡을 수 있어요.

특히 빠르게 발전하고 있는 분야라면 이런 방식의 독서가 좋아요. 예를 들어 우주 과학 분야에는 지금의 30~40대가 배운 것과 다른 내용도 있고, 중고등학교 과학에서 상세히 다루지 않는

반도체나 신소재 관련 책이 많아요. 사람들이 가장 궁금해하는 상대성 이론(어쩐지 꼭 한번 이해하고 싶고, 이해한다고 말하면 대단해 보이는 주제?)이나 양자 역학에 관한 책 역시 청소년 수준부터 연구서 수준까지 다양하죠. 이런 내용을 청소년 수준의 책으로 시작하면 부담이 적어요."(서강선 시흥 장곡중 과학 교사)

<서강선 선생님의 추천 도서>

『빛 쫌 아는 10대』, 고재현·방상호, 풀빛

이 시리즈 대부분 괜찮음. 전자기학으로 들어가는 관문인데, 부담 없이 읽을 수 있음.

『동물원에 동물이 없다면』, 노정래, 다른

시사점이 많은 시리즈 중 하나. 아이들과도 많이 읽음.

『소년소녀, 과학하라!』, 서민 외, 우리학교

다양한 분야의 과학자들이 생생한 이야기를 들려줌.

『지구는 인간만 없으면 돼』, 기후위기와 싸우는 10대들, 프로젝트P

기후 위기를 경고하는 10대들의 이야기.

『정답을 넘어서는 토론학교 과학』, 가치를꿈꾸는과학교사모임, 우리학교

과학 토론책인데 어른도 생각을 많이 하게 만든다.

『십 대를 위한 영화 속 과학 인문학 여행』, 최원석, 팜파스

과학과 인문학을 결합한 청소년 과학책 중 가장 좋아하는 책.

『펭귄도 사실은 롱다리다!』, 이지유, 웃는돌고래

『이지유의 이지 사이언스 시리즈 1~6』, 이지유, 창비

이지유의 과학 에세이는 울림도 있고 분야별로 나뉘어 있어서 흥미로움. 읽는 데 부담도 없음.

『사라져 가는 것들의 안부를 묻다』, 윤신영, MID

감성적이고 이야기가 있어서 과학책이 아닌 것 같음.

『지구가 너무도 사나운 날에는』, 가치를꿈꾸는과학교사모임, 우리학교

기후 위기 관련 책 중에서 가장 잘 정리되었고 이야기가 좋다.

『시간의 본질을 찾아가는 물리여행』, 마쓰우라 소, 프리렉

고등학생부터 읽기 좋은 상대성 원리에 관한 책.

『SF 크로스 미래과학』, 김보영 외, 우리학교

기술 발전에 관한 이야깃거리를 많이 던지는 책.

『모든 사람을 위한 빅뱅 우주론 강의』, 이석영, 사이언스북스

우주론 분야에서 많은 사람이 권하는 책.

『화장품이 궁금한 너에게』, 최지현, 창비

부모님에게 자주 권하는 책.

『과학, 리플레이』, 가치를꿈꾸는과학교사모임, 양철북

논쟁과 이야깃거리, 찾아보고 싶은 의지를 주는 책.

『문제적 과학책』, 수잔 와이즈 바우어, 윌북

고전부터 현대의 책까지 다양한 영역의 원전을 소개한 책.

3

사람들,
닿고 잇대다

다행이야
운영진이 있으니까

　규모도 크지 않고 공적인 일을 하는 것도 아닌데 모임 안에서 역할을 정하고 조직화할 필요가 있을까. 괜히 유난 떠는 것 같기도 하고, 거추장스러운 일을 만드는 건 아닌가 싶기도 했다. 이전 모임은 작고 지인 위주이긴 했지만, 모임장 없이도 잘 운영되었으니 더더욱 필요성이 옅어 보였다. 그런데 회원이 늘어날수록 신경 쓸 일이 쌓이고 고민의 시간도 길어졌다. 회원들과 소통, 책 선정, 뒤풀이, 회칙 수정….

　모임 확장을 멈추거나 인원을 축소해서 유지하는 게 아니라면 혼자 모임을 운영해 나가기는 무리였다. 여러 곳을 기웃거려 보니 인원이 두 자릿수 이상인 모임에는 운영진이 있었다. 물론 운영진 없이 모임장 위주로 운영되는 모임도 있긴 했다. 운영자의 기획에 따라 참여자를 그때그때 모집하는 모임이거나, 모임장에게 무한 신뢰를 보내는 회원들로 이뤄진 모임 등이 그랬다. 이런 모임은 지속성 없는 멤버십을 보이거나 그들만의 리그라는 느낌을 풍겼다.

새로 만드는 모임은 어떻게 꾸려 갈지 고민한 끝에 조금씩 확장하다가 어느 정도 규모가 되면 확장보다 유지에 더 가중치를 두는 방향으로 가닥을 잡았다. 그래서 운영진 조직을 긍정적으로 생각하게 되었다. 지나고 나서 하는 말이지만, 운영진의 도움은 절대적이었다. '왜'가 아니라 '어떻게'의 문제였다. 어떤 모임을 추구하느냐에 따라 운영진의 역할이 달라질 뿐이다. 운영진이 할 일을 콕 짚어 놓고 적합한 사람을 찾을 수도 있고, 함께하고 싶은 사람이 나타난다면 그에게 맞춰 역할을 부여할 수도 있다. 첫 운영진은 운영자가 정할 수밖에 없겠지만, 1기 이후의 운영진은 기존 운영진이 정하거나, 회원들의 추천이나 투표 등으로 뽑을 수도 있다. 독서모임 운영진이 하는 일에는 다음과 같은 것들이 있다.

흔한 운영진 일 – 생각 더하기, 발길 북돋기

운영진의 역할과 권한은 모임마다 다르지만, 가장 보편적이면서 주요한 역할은 모임 운영에 필요한 여러 결정에 의견을 제시하는 것이다. 운영진은 모임 콘텐츠의 생산자로서 기획도 하고 프로그램을 진행하기도 하지만, 콘텐츠의 소비자로서 모임 활동에 대해 적극적으로 피드백하기도 한다. 이렇게 운영진은 모임의 여러 위치에서 다양한 입장을 접하고 소통하면서 균형 있는 모임 운영을 가능하게 한다.

운영진이 할 수도 있는 일

- 회칙 결정 및 수정, 상황별 적절한 회칙 적용 논의
- 신규 회원의 적응 돕기, 기존 회원의 참여 독려(답글·댓글 달기, 대화 시 긍정 반응)
- 회원과 소통하며 작은 생각에 귀 기울이기
- 정모 일정, 장소 적절성 논의(시간, 계절, 주제 등 고려) 및 섭외
- 정모 책에 관한 의견 나눔(토론거리, 난이도, 참여율, 적절성 등)
- 정모 분위기, 회원 반응, 발제의 적절성 등 그날그날의 정모 피드백
- 뒤풀이 장소 섭외, 뒤풀이 후 회원 반응 체크
- 책과 연계한 드로잉, 시 낭송, 문학 답사 등 색다른 활동 기획
- MT, 답사 등 특별 일정 준비 및 진행(장소 섭외, 사전 답사, 일정 조율 등)
- SNS 단체방에서 정보통 혹은 분위기 메이커
- 모임 내 소모임 운영, 친목 모임 활성화

운영진도 헤매는 일 - 회비 정하기

모임을 꾸리다 보면 비용이 들 때가 있는데, 그 비용을 그때그때 참여한 사람끼리 나눠서 부담하는 모임도 있고, 회원들에게 회비를 받아서 치르는 모임도 있다. 회비의 성격과 수준은 조금씩 다르겠지만, 회비가 있는 모임이라면 대체로 '회원에게 부담되지 않는 선'이나 '모임 활성화에 필요한 만큼'을 표방하고 회비를 정한다. 이렇게 회비의 합리적인 선을 짚는 데 운영진의 의견이 도움이 된다. 운영진은 운영자의 입장에서 활동에 필요한 비용을 생각하기도 하고, 회원의 눈높이에서 회비에 대한 의심이나 부담을 가늠하기도 하면서 회비의 적정선에 관한 의견을 던지곤 한다. 운영진과 회비를 정할 때 고려하는 내용은 다음과 같다.

회비의 쓰임

- 모임의 기반이 되는 유료 앱이나 홈페이지 유지 및 관리 비용(분기/반기/연별로)
- 정모 장소 대여 및 음료비(선결제가 필요한 곳)
- 정모 참가비(공간 제공, 발제와 정모 진행 비용 등. 불참 시 환불 안 됨)
- 단발성 기획 모임 참가비(기획, 자료 준비, 진행 등에 드는 비용)
- 정모, 기타 행사의 뒤풀이 비용

- MT, 문학 답사, 연말 행사, 문집 제작 등에 필요한 비용(건별 혹은 다달이 적립)
- 작가 혹은 강사 초청을 위한 예산
- 정모 지각, 정모 불참 누적, 발제 펑크 등의 벌금(운영비로 활용)

딱 떨어지는 비용을 회원 수만큼 나눠서 그때그때 내는 모임이라면 회비에 크게 신경 쓸 일은 없다. 반면 회비를 일정 기간마다 받아서 앞으로의 모임 활동을 위해 쓰기로 한 모임이라면 고민이 뒤따른다. 회비의 적절한 수준, 효과적인 사용, 투명한 관리, 관리자 선정 등에 대해서 운영진이 꾸준히 소통해야 할 것이다. 이렇게 번거로운 과정을 감내하는 모임의 속내가 뭐냐고? 아마도 이런 과정이 모임 활동의 질을 높이는 재료를 마련하는 것이면서 회원의 참여 동기를 북돋는 기회가 된다고 생각하는 게 아닐지.

운영진도 꺼리는 일 - 비용 관리

어느 모임에나 필요하지만, 누구든 맡기를 꺼리는 일이 모임 활동에 드는 비용을 정산하고 남은 비용을 처리하는 것이다. 정확한 계산이 필요하기도 하고, 계속 미루는 사람에게 하기 싫은 이야기를 해야 할 때도 있다. 간혹 금액이 안 맞을 때가 제일 문제다. 부족하다면 메워야 할 수도 있다. 회원들도 비용에 관한 일의 노고를 알기에 무한 신뢰를 보내는 편이지만, 그 일을 맡는 사람은 부담을 가질 수밖에 없다. 다들 귀찮아하지만, 운영진이 돌아가면서 맡든 제비뽑기를 하든 누군가는 해야 하는 일이다.

회비 관리자를 위한 tip

- 전임자에게 이전 회비 내역을 정확히 전달받는다.
- 모임에서 쓴 비용의 영수증은 잘 챙기고 반드시 카메라로 찍어 놓는다.
- 지출 발생일별 내역을 엑셀로 정리하면 편하다.
- 정모든 회의든 결제가 예상되는 날에는 약간의 잔돈(천 원권/오천 원권)을 챙겨 두면 좋다.
- SNS나 일부 금융 앱에 더치페이 계산기가 있으니 정모 뒤풀이 정산 때 활용한다.
- 개별 결제가 가능한 곳이라면 회원들이 각자 계산하도록 유도한다.
- 잘 안 쓰는 통장을 모임용으로 활용하거나, 모임 전용 통장을 개설하면 편하다.
- 미납자가 생긴다면 불편하더라도 통보를 미뤄서는 안 된다.

어쩌면 가장 중요한 운영진 일 – 뭉근한 동행

운영진은 보통의 회원보다 더 많은 시간과 비용을 모임에 들이는 편이다. 그래서 운영진에게 페널티나 회비 면제, 책 선물, 정모 책 선정권 등 인센티브를 부여하는 모임도 있다. 회원들이 운영진의 수고에 감사하는 의미로 기프티콘이나 간식 등을 챙겨 주기도 한다. 운영자에게 운영진은 그저 존재만으로도 든든하다. 모임을 유지하고 지탱하는 단단한 축이 되어 주기 때문이다.

모임을 지속하다 보면 회의에 빠지는 때가 참참이 찾아온다. 회원들의 외면이나 예상 밖의 다툼, 누적된 피로감 등으로 모임을 놓고 싶을 때 버틸 근거는 사람인 경우가 많다. 특히 곁에서 나란히 소통하며 묵묵히 의지할 수 있는 존재가 큰 힘이 된다. 그런데 이런 생각은 여느 운영진도 다르지 않은 듯하다. 옆에서 함께하는 사람들이 있고 나눌 수 있는 것이 적지 않아서 활동을 계속하게 된다고 독서모임의 운영진 경험자 여럿이 말했다. 운영진의 도타운 멤버십은 모임이 고약하게 흔들려도 쓰러지지는 않을 것 같다고 여기는 거만함의 근거가 된다.

☺

당신을
운영진으로 모십니다

"모임을 오래 지속하기 위해 가장 필요한 것은 무엇인가요?" 독서모임 운영자를 해 봤던 사람을 만날 때마다 물었다. 이런 질문을 던질 때마다 감춰 왔던 비법 같은 걸 기대하곤 했지만, 혹할 만한 답변은 없었다. 은근 자기 자랑질하는 사람, 자기 고생한 얘기와 푸념만 늘어놓는 사람, 그런 방법 알게 되면 자기에게도 알려 달라는 사람… 이들 외에 여러 사람에게서 비슷한 답을 들었다. 모임의 자리를 눅진하게 지키고, 때로는 언짢은 이야기도 터놓고 나눌 수 있는 존재. 말 통하고 마음 맞는 두세 사람만 있으면 된다고. 순간 '답정너'가 되어 버린 것 같은 기분을 들게 하지만, 누군가 내게 같은 물음을 던진다면 나도 비슷하게 답할 듯하다. 위 질문은 또 다른 질문을 낳을 수밖에 없는데, 그게 좀 허무하게 만들긴 한다. "어떻게 해야 그들을 만나고 함께할 수 있는 건가요?"

사람 만나는 건 하늘의 뜻이기에 운이 작용하지만, 운영자의 세심한 관찰력과 꾸준한 적극성이 기다리던 그 사람을 알아보고 함께할 기운을 끌어다 주기도 한다. 모임에 들어오는 사람들을 눈여겨보자. 어느 날 '이 사람이다' 싶은 사람이 나타났다면 슬며시 고백을 준비하자. "혹시 운영진 할 생각 없수?"

출석률 높은 그 남자

정모에 꾸준히 참석하는 사람이 있다면 운영진으로서 기본 요건을 충족한 셈이다. 모든 모임 활동이 아니라 정모만 잘 참석해도 좋다. 이야기를 적극적으로 하지 않아도, 책을 잘 알지 못해도 괜찮다. 정모 때마다 옆자리를 지키는 것만으로 듬직하다. 이런 사람의 존재감은 가끔 그가 정모에 빠지는 날에 또렷이 드러난다. 은근한 편안함은 대체하기가 어렵다는 것을 여실히 깨닫는다. 그런데 이런 사람에게 운영진을 맡아 달라고 하면 불편하게 여길 수도 있다. 그에게서 자신은 모르는 것도 많고, 그저 모임에 와서 사람들 얘기 듣는 게 좋다는 이야기를 들었다. 아마도 그는 모임과 일정한 거리를 유지하고 싶었나 보다. 그가 없는 정모는 아무래도 불편한데 어쩔 수 없으니 마음속으로라도 그는 운영진인 걸로.

'계산적인' 그 여자

수를 헤아리는 일에 능한 것은 기본. 선택이 어려워 헤매는 운영진 회의에서 사이다 같은 결정을 내릴 수 있는 그 사람은 모임을 효율적으로 이끈다. 덕분에 모임 휴식기, 뒤풀이 비용 정산, MT 예산 책정 등에 신경을 덜 쓰게 되었다. 신규 회원의 불성실한 태도로 고민할 때도 명확한 강퇴 근거를 제시했고, 저조해진 정모 참석률의 원인을 날카롭게 진단하기도 했다.

이런 사람은 모임에 대해서도 쓴소리를 가감 없이 하곤 한다. 오래된 회원을 대상으로 강퇴 기준을 좀 유연하게 적용하자는 제안에, 그러면 모임이 느슨해질 거라며 반대했다. 그의 의견은 사사로운 감정에 휩쓸리지 않고 모임을 균형 있게 유지하는 데 도움을 줬다. 다만 가끔은 냉소적인 태도와 거침없는 말에 마음이 상하기도 했다. 이번 정모 진행은 너무 준비가 안 됐다느니, 제발 아재 개그 좀 그만하라는 둥. 이런 사람이 눈에 띈다면 다른 운영진과의 조화를 염두에 두어야 한다. 이렇게 '쿨내' 나는 사람에게 운영진 합류 의사를 어렵게 전하면 답은 의외로 쉽게 들을 수도 있다. 모임을 그만두지 않는다면 차기 모임장 후보로!

가만히 둥글둥글 아무개

학교나 회사, 사람이 많이 모이는 곳에는 꼭 이런 사람이 있기 마련이다. 전에 어디선가 본 적 있는 얼굴, 기억이 가물가물하지만 언젠가 함께했던 누군가를 떠올리게 하는 사람. 털털하다는 말보다 더 부드러운 표현이 어울리는 편안한 인상의 그 사람. 이런 사람은 모임의 누구와도 편하게 이야기를 나누고, 정모 때 회원들 의견에 리액션도 좋다. 그렇다 보니 이 사람이 이야기할 때는 다른 사람들도 더 관심을 보이는 편이다.

처음 모임에 나온 사람에게는 먼저 말도 걸어 주고 이야기도 잘 들어 주는 이런 운영진의 존재가 든든하다. 그리고 참석만으로도 모임 분위기를 부드럽게 만드니 존재 자체가 회원들의 정모 참석을 독려하는 셈이다. 그 사람을 모임에 붙잡아 두기 위해 운영진 합류 의사를 물을 때도 별로 부담이 없었고 기대대로 긍정의 답변을 들었다. 그렇게 모임에 긍정적인 영향을 미치고 있던 차에 예상하지 못한 변수가 발생해 그를 향한 기대를 조금 갉아먹었다. 모임 안에서 연인을 만난 것. 비밀로 하다가 딱 걸렸다! 어쩐지 모임 참여가 예전 같지 않더라니….

닥치는 대로 읽어 버리는 A 군

늦게 취한 독서의 맛에 박사 학위라도 딸 것처럼 닥치는 대로 읽던 사람을 본 적 있다. 그는 꾸준히 읽어 온 것도 아니고 지식이 많은 편도 아니어서 책을 온전히 소화하진 못했을 거다. 하지만 정모에 참석하지 못하더라도 선정된 책은 다 읽었고, 관련 도서까지 모두 읽으려 했다. 그의 열의는 정모에서도 그대로 뿜어져 나와 사람들에게 전달됐다. 더러는 모임 진행자가 놓친 부분을 그가 짚어 주기도 했다.

이런 사람이 함께하면서 가끔 모임 진행을 맡으면 좋겠다는 생각이 들었다. 그는 자신이 모르는 것은 다른 사람에게 물어보거나 찾아보면서 알려고 했고, 알고 있는 것들은 어렵지 않은 말로 잘 풀어내곤 했다. 운영진으로 딱인 거 같았지만, 더 지켜보기로 했다. 가입 직후에 열심히 읽고 모임에도 적극적으로 참여하던 사람이 운영진이 되고 나서 소홀해지는 경우를 몇 번 겪었기 때문이다.

시간이 지날수록 모임을 향한 그의 열기가 살짝 잦아드는 듯했지만, 읽기는 꾸준해 보였다. 해가 바뀌고 운영진을 교체해야 할 시점이 되어서 그에게 의사를 물었다. 아뿔싸! 예상하지 못했던 답변. 다른 독서모임에도 가입해 활동 중이란다. 그 모임은 운영진이 딱히 있는 건 아니지만, 발제도 꾸준히 맡고 있어서 제안을 수락하기 어렵다고 했다. 더 기다리기로 했다. 다음엔 운영진 말고 모임장으로.

박학다식한 그 쌤

여기저기 독서모임에 참여하다 보면 똑똑해 보이는 사람을 반드시 만나게 된다. 잘 모르면서 교묘하게 아는 척하는 이, 넓고 얕은 지식을 뽐내다가 조금 더 잘 아는 영역이 나오니 저돌적으로 변하는 이, 잘 안다기보다 자료 검색과 활용에 능숙하다는 게 어울리는 이. 이런 사람들 사이에서 진정한 고수가 등장하기도 하는 법. 그는 누르면 나오는 자판기처럼 책 관련 지식을 마구 뿜어냈다. 말이 좀 길어지는 경향이 있긴 했지만, 말투가 그렇게 예스럽거나 딱딱하지 않았다. 배울 점이 많을 듯했다. 가끔 정모에서 낯설거나 어려운 책이 걸리면 진행자는 말을 계속 더듬고 참여자들은 책을 뒤적거리며 분위기가 싸늘해질 때도 있는데, 그와 함께라면 이런 순간도 무사히 넘길 수 있지 않을까 싶었다. 그리고 정모에 나와서 몰랐던 내용을 뭐라도 알게 되면 괜히 잘 나왔다는 느낌이 들기도 하니까.

그의 운영진 합류를 다른 운영진에게 물으니 대체로 환영하는 분위기였으나 우려의 시선도 있었다. 정모에서 너무 앞서가거나 많은 지식을 풀어놓으면 다른 사람들이 주눅 들 수도 있을 것 같다는 의견이었다. 그가 운영진이라면 배려가 없는 모임으로 생각하는 사람도 있을 수 있다고 했다. 염려되는 부분을 그에게 말하면 개선되리라는 점을 밝혔고, 더 논의한 끝에 운영진으로 들이기로 했다. 운영진 합류 의사를 물으면 바로 응답할 것 같아서 미루지 않고 했는데, 답변은 죄송하지만 못 하겠다는 것. 이유는 그럴 깜냥도 안 되고, 좀 불편하다는 것. 아쉽지만 의사를 존중하기로 했다. 나중에 알고 보니 이전 모임에서 운영진을 했던 그는 회원들과 안 좋은 일을 겪었다고 했다. 그리고 그는 우리 모임에서도 떠났다. 어쩌면 그에게 우리 모임은 좀 가벼웠겠다는 생각이 든다.

후원자 같은 그분

홀로 쓰는 작업실이 있거나 혼자 사는 회원 중에는 개인 공간을 모임에 기꺼이 내어 주는 사람이 있을 수 있다. 책, 독서, 도서관 관련 일을 해서 정보를 두루 취할 수 있는 회원도 모임에 많은 도움이 된다. 이들이 운영진이 된다면 물적·인적 자원의 지원을 기대할 수 있다. 물론 노골적으로 바란다면 멀어질 수 있다. 함께 모임 운영을 고민하며 소통을 트다 보면 이들이 알아서 도움을 주는 경우가 생긴다.

부탁하지도 않았는데 모임 때마다 소소하게 먹거리를 챙겨 오는 사람이 있고, 무언가를 기념할 날이 되면 손 편지를 써 주거나 손수 만든 캔들, 책갈피 등 소소한 굿즈를 건네는 사람도 있다. 사람을 위하는 진심이 느껴지는 이런 분들이 계속 모임에 있으면 좋겠다고 생각했다. 이들이 운영진이라면 새로운 프로그램을 기획하거나 곤란한 일로 고민에 빠질 때 긍정적인 기운을 받을 수 있을 것 같았다. 이런 분들이 나타나면 조급해하지 않고 느리게 다가가 함께하면 좋겠다고 말했다. 좋아서 나누는 것인데 운영진이 된다면 의무감에 하는 것 같은 마음이 들까 봐 우려된다는 사람도 있었고, 자신이 도움이 된다면야 기꺼이 함께하겠다는 사람도 있었다. 마음에 둔 분이 있다면 긍정적인 뜻을 전하는 것이기에 부담 갖지 말고 손을 내밀어 보자.

☺

어디에나 있다,
모임의 빌런

   미지의 사람들을 만나 이야기를 나누고 무언가를 함께한다는
건 모임에 참여하는 큰 동기가 된다. 처음 정모에 나가는 사람이
라면 긴장이 되면서도 잔잔한 설렘을 느낄 수 있고, 기존 회원이
라면 새로운 사람에게 은근히 관심이 쏠릴 것이다. 그리던 만남이
면 참 좋겠지만, 예상 밖의 만남에 실망할 수도 있다. 그가 기대했
던 모임이 아니고, 우리 모임이 바라던 회원이 아닌 까닭은 모든
사람하고 친해질 수 없는 이유와 비슷할 거다. 독서모임이라서 좀
나을 줄 알았다면 착각이다. 매개가 다르고 소통 방식이 조금씩
상이할 뿐이지 익숙한 분위기, 어디선가 본 듯한 사람을 독서모임
에서도 겪을 수 있다.

우연히도 유감한 사람들

독서모임을 몇 차례 접해 본 사람이라면 어느 처음 자리에서나 겪을 수 있는 흔한 어색함과 그 분위기를 넘기 위해 애쓰다 빚은 뻔한 오글거림을 경험해 봤을 것이다. 마찬가지로 모임을 꾸준히 꾸리고 있는 운영자라면 처음 만난 이들이 풍기는 불편함을 진하게 맡게 될 때가 있다. 어떤 사람은 앞으로 그가 계속 모임에 나온다면 큰일이겠다 싶은 위기감을 느끼게 했다. 실제로 꿋꿋한 참여로 부지런하게 관심을 빼앗아 간 사람도 있었다. 그렇게 예고 없이 찾아온 사람들의 튀는 활약을 공개한다.

배운 사람

고매한 그분은 다식을 뽐내려고 모임에 참여하는 듯하다. 가입한 모임도 몇 가지나 된단다. 감상보다 지적 탐구를 요하는 인문이나 과학 분야의 책으로 모임을 한다면 그의 유식은 나름 유용해서 말이 길어져도 그런대로 들어 줄 만할 수도 있겠다. 문제는 문학을 함께 읽고 이야기를 나눌 때 두드러진다. 그는 책을 읽고 난 뒤에 드는 개개의 느낌을 무시하곤 한다. 근거는 알려진 평론가들의 말과 여러 연구자의 난해한 기록이다. 그럴 때면 자신이 찾은 여러 분석의 내용을 확인하기 위해 책을 읽었나 싶기도 하다. 때로는 강의나 발표를 하려고 온 사람처럼 보이기도 한다. "당신의 앎이 아니라 느낌이 궁금하다고요."라고 말하려다 말았다.

프로 참견러

다른 말로 훈수쟁이나 관종이라고 표현할 수도 있겠다. 그는 모임에서 누가 이야기를 하든 말끝마다 추임새처럼 몇 마디를 덧붙이거나 사소한 질문을 던지곤 한다. 워낙 하이 텐션이라 모임 분위기를 밝게 만들기도 하고, 가끔 대화가 끊길 때면 든든하게 느껴지기도 한다. 하지만 지치지 않는 참견은 대화의 흐름을 끊기도 하고, 논의의 길을 어지럽히기도 한다. 때로는 가뜩이나 말수가 적은 사람의 이야기를 가로채 버리기도 하니 얄밉기까지 하다. 마이크를 써야 하나. 그의 말이 길어지면 전원을 끄게.

휴대폰 중독자

'모임 중에 휴대폰 끄기' 회칙을 만들까 심각하게 고민하게 만든 분. 누군가 발언을 하면 그 사람을 보거나, 눈을 마주치지는 못하더라도 듣는 척이라도 하는 게 예의가 아닌가. 그의 시선은 적잖은 시간 동안 휴대폰을 향해 있다. 말하는 중에 휴대폰 보고 있는 그를 보면 무시당하는 느낌이 들어서 화가 날 때도 있다. 그런데 이게 다가 아니다. 모임 중에 전화가 오면 받기도 한다. 눈치를 본답시고 통화 말소리를 낮추기는 한다. 그의 스타일에 맞출까 고민하기도 했다. 모임 중 그를 향한 질문을 SNS로 보내는 걸로. 그

러면 그는 정말 톡으로 대답할지도 모른다. 설마 전화 통화로 질
문에 답하는 건 아니겠지.

전국자기자랑 수상자

누구나 자신만의 경험과 생각을 바탕으로 책을 읽고 이야기를
한다. 그런데 지나칠 정도로 자기 얘기를 하면서 자랑을 끼워 넣
는 사람이 있다. "다들 어려우셨나 보다…. 저는 쉽던데요?", "제
가 거기 가 봐서 아는데…", "제가 잘 아는 의사가 있는데 그분 말
이…" 그냥 들어도 얄미운데 간헐적으로 맥락을 거스르는 자랑질
이 튀어나와서 한숨을 쉬게 만든다. 가끔은 자신만만하게 말하는
데 과연 제대로 아는 건지 의심이 들어 시험해 보고 싶어진다. 모
임에서 읽은 책과 나눈 이야기가 그에게는 다른 어딘가에서 할
자랑의 한 부분이 될 것 같기도 하다. 간혹 우리 모임에서 들은 누
군가의 이야기를 자기 생각인 듯 다시 말하는 모습을 보기도 한
다. 정말 이러면 안 되지만, 다른 회원과 나누는 그의 뒷담화를 참
기가 어렵다.

소란한 파이터

모임에서는 애써 피하는 화제가 몇 가지 있다. 종교나 정치 이
야기 등이다. 깊이 들어가면 싸움이 날 수도 있기 때문이다. 솔직
히 싸움 구경이 재밌긴 하다. 적당한 논쟁은 모임의 흥미를 돋우

기도 한다. 그래서 치열한 논쟁이 펼쳐질 것 같은 책을 선정해서 함께 읽기도 한다. 하지만 민감한 주제가 대화의 중심에 놓일 때면 논리도 존중도 없이 아무 말 대잔치에 싸움판이 되기도 한다. 논쟁을 몹시 즐기는 그 사람은 이럴 때 도드라진다. 한번 말다툼이 붙으면 흥분해서 상대를 무시하는 말도 서슴지 않는다. 서로 감정이 상한 상태에서는 온전하게 모임을 진행하기가 어렵다. 그를 막을 수 없다면 민감한 화제를 철저히 피해야 한다.

아마도 연예인

그분의 등장은 우선 냄새로 알 수 있다. 누군가가 고급 브랜드라고 알려 준 향수의 진한 냄새. 한껏 차려입은 듯 복장도 남달라서 시선을 끌기 충분하다. 그는 모임에 오자마자 태블릿부터 꺼낸다. 가만히 보면 그걸로 무얼 하지는 않는 듯하다. 모임 중 그가 하는 말을 듣다 보면 어딘가 익숙하다. 인터넷 서점의 출판사가 제공한 책 소개, 책 뒤의 평론가 해설에서 본 것 같기도. 그는 이성에게 관심이 많은 것처럼 보인다. 유독 몇 사람을 집중적으로 바라보니 모를 수 없다. 그는 뒤풀이를 참 좋아한다. 책 얘기할 땐 조용하더니 달라진 텐션은 어디서 나온 건지. 어쩌면 그는 독서모임을 액세서리처럼 걸치고 있는 게 아닌가 싶다. 그는 '독서모임도 하는 남자'다.

이들과 닮은 사람을 마주친다면 어떻게 대해야 좋을까? 우선 운영진을 비롯해 몇몇 구성원들과 조용히 의견을 나눈다. 서로의 진단이 엇갈릴 수도 있기 때문이다. 비슷한 문제의식을 갖고 있다면 그와 계속 함께할지 끊을지 결정해야 한다. 그 결정이 다른 회원들의 조용한 이탈로 이어질 수도 있으니 신중해야 한다. 회칙에 모임 진행을 어렵게 하는 유형을 구체적으로 기록하고, 강퇴 근거가 될 수 있음을 명시하여 예방하는 방법도 시도해 볼 만하다. 다름을 인정하는 것은 중요하지만, 모임의 본질을 훼손하면서까지 지나친 행동을 받아들이는 우를 경계해야 한다.

그리고 언젠가 모임 안팎에서 마주쳤을 그들을 떠올리면서 당신은 모임에서 어떤 존재일지 생각해 보자. 혹시 당신을 향한 사람들의 시선에 꺼리는 마음이 서려 있을지도 모른다. 조금이라도 의심이 된다면 사람들과 터놓고 이야기 나누는 시간을 가져 보는 것이 좋겠다.

☺
어김없이 온다,
시들기

900일, 열정적 사랑의 유효 기간. 미국 코넬대학 인간행동연구소의 신시아 하잔 교수가 5천 명의 남녀를 대상으로 연구해서 얻은 결론이란다. 사랑에 빠지면 뇌에서 호르몬이 분비되는데, 짧게는 18개월 길게는 30개월 정도면 내성이 생긴다는 것이다. 뜨거웠던 사랑이 초라하게 시들 듯, 모임을 향한 애정도 꺾이는 때가 온다.

권태, 매너리즘, 무관심, 싫증, 게으름, 시시함… 이와 같은 것들이 독서모임 회원에게도 찾아온다. 일부 회원만 그런 줄 알았는데 어느 순간 다수 회원에게 번지기도 한다. 가끔 운영진도 전염돼서 모임이 일시적으로 중단되기도 하고, 증상이 심하면 모임이 아예 없어지기도 한다.

어쩌면 하락세로 향하고 있는 증상

경제에 사이클이 있는 것처럼 모임에도 분위기 등락이 있다. 참여자가 많아서 정모 인원을 제한해야 할 정도로 모임이 잘나갈 때도 있지만, 회원들의 저조한 관심에 정모를 미뤄야 할 만큼 분위기가 바닥으로 향할 때도 있다. 처진 분위기가 지속된다면 조심스럽게 모임의 끝을 예감하기도 한다. 이럴 때는 냉정하게 모임을 진단할 필요가 있다. 계속 함께하면서 자연스러운 전환을 맞는 것이 서로에게 나은지, 회원들에게 더 나은 모임을 만날 기회를 열어 주는 게 나을지. 다음의 상황이 반복되거나 잇따르고 있다면 판단할 때가 바로 지금이라는 뜻이니 차분히 생각해 보자.

모임 상태 점검하기

- **부쩍 줄어든 소통**: 정모에서도 온라인 대화방에서도 침묵이 길어지고 짧은 대화만 오가는 때가 있다. 이 시기에는 분위기를 띄우기 위해 이런저런 화제를 던져도 시큰둥한 답변이 돌아온다.

- **강퇴 릴레이**: 정모 참석률이 꾸준히 떨어지거나 책 안 읽고 오는 회원이 유독 느는 시기가 온다. 이런 경우 회칙에 따라 페널티를 부여하거나 강퇴 조치를 취하기도 한다. 그 분위기가 이어져 회원의 이탈이 연쇄적으로 일어나기도 한다.

- 무관심의 유행: 몇몇 회원의 이탈로 어수선해진 모임 분위기를 전환하기 위해 새로운 활동을 제안하거나 친교 시간을 마련하려고 해도 반응이 없을 때가 있다. 자연스럽게 나아지길 바라며 기다리는 것의 한계가 그리 멀지 않다.

- 운영진의 무대응: 운영진이라면 침체된 모임 분위기를 반전시키려 고민하기도 하지만, 아무런 움직임이 없을 때도 있다. 그러면 무책임하게 모임을 방치한다고 여기는 회원도 있다. 운영자에게 사정이 있을 수도 있고, 운영자가 문제 상황으로 여기지 않아서일 수도 있다. 하지만 그런 대응이 불만인 회원은 모임을 떠난다.

- 운영진 혹은 열정적 회원의 이탈: 든든하던 운영진이나 꾸준히 자리를 지키던 회원이 부득이한 사정으로 모임을 떠나면 운영자는 상실감을 느끼고 모임 활동에 소극적으로 변하기도 한다. 난 자리는 정말 티가 많이 난다. 그 자리를 메우지 못하면 모임의 구멍으로 남을 수도 있다.

- 정모보다 번개 참석률이 더 높을 때: 책은 읽고 싶지 않지만, 회원들과 친분은 유지하고 싶어 하는 사람이 있다. 정모는 피해 가면서도 번개나 야외 활동을 할 때면 빠지지 않고 나온다. 이런 사람이 늘어나면 정모를 번개처럼 가볍게 해야 하나 고민하게 된다.

- 모임 내 연인의 다툼이나 이별: 들어올 때부터 커플인 사람들, 모임에서 좋은 관계를 유지하다가 연인이 된 사람들이 함께하면 분위기가 더 부드러워진다. 하지만 그들 사이가 안 좋아지면 두 사람을 다 잃게 될 수도 있다. 그들의 이별을 피할 수 없다면 한 사람이라도 잡아야 한다.

- 신규 회원의 부재: 새 회원의 등장은 모임을 활기차게 만들기도 하고, 기존 회원들의 참여 동기를 고취하기도 한다. 신규 회원의 가입을 기다리는데도 꽤 오래도록 감감무소식인 경우도 있다. 그럴 때면 의구심이 들기도 한다. 지금 모임 운영을 잘못하고 있는 건 아닐까 하고.
- 아무도 리더를 꿈꾸지 않아: 부득이한 사정으로 운영자를 교체해야 하는데 아무도 맡으려 하지 않을 때가 있다. 회원들은 저마다 사정이 있다고 하면서도 모임의 사정은 헤아리지 않는다. 운영자 없이 모임을 운영할 수 있나? 회원들이 돌아가면서 일정 기간씩 운영자를 맡기로 할까? 운영자를 맡을 누군가 나타나지 않으면 모임 유지는 어렵다.

시들한 모임을 향한 씩씩한 대응

모임에서 일어나는 여러 상황에 대한 진단은 사람마다 다를 수 있다. 기본적으로 각자의 가치관이 다르기도 하거니와 모임 참석 경험, 모임 내 역할, 사람들과의 친밀도, 모임 참여도 등이 제각각이기 때문이다. 어떤 모임의 상황을 누군가는 위태롭게 여기더라도, 다른 사람은 때때로 겪는 흔한 곤란함으로 볼 수도 있다. 크게 동요하지 않는 사람은 아마도 계절이나 날씨, 휴가철이나 연말 같은 시기, 친분 있는 회원끼리의 사소한 다툼, 회원 간 은근한 썸 기류, 별로인 책 등의 영향으로 생긴 일시적인 어려움 정도로 볼 것이다. 어떻게 진단하든 더 나은 길은 소통에 있다. 이렇게 하면 나아지긴 한다.

독서모임 고비를 넘기려면

- 일단 만남: 운영진끼리든 친한 사람들끼리든 만나서 요즘 생활하는 이야기를 들어 본다.
- 개별 회원 인터뷰: 모든 회원에게 개별적으로 전화, SNS 대화, 이메일 등을 통해 모임에 대한 생각을 들어 본다.
- 회원들과 대담: 정모 후에 혹은 따로 시간을 정해 회원 모두가 모임에 대해 터놓고 이야기를 나눈다.
- 타 모임 조언: 주변에 독서모임 경험이 있는 사람에게 상황을 알리고 조언을 듣는다.
- 시즌제 운영: 모든 모임 활동을 일시 중단하고 재정비 시간을 갖는다.
- 다양한 활동: 맛집 탐방, 영화나 스포츠 관람, MT, 캠핑 등 함께 즐길 수 있는 활동을 진행한다.
- 객원 회원 초대: 회원 가족이나 친구, 지인 등을 정모에 초대해서 함께 이야기를 나눈다.
- 지원 프로그램 참여: 독서모임을 대상으로 하는 공모나 지원 사업을 찾아보고 신청한다.
- 운영진 변경: 운영자나 운영진을 바꾸면서 회칙과 진행 방식을 수정한다.

모임을 하다 보면 부족해 보이는 점들이 생기기 마련이다. 그렇다고 짧은 시간에 많은 것을 바꾸려고 하면 오히려 회원들의 불만을 살 수 있다. 변화를 원한다면 우선 모임을 있는 그대로 펼쳐놓고 당장 필요한 것들이 무엇인지 정리해 본다. 그러고 아주 사소한 일이라도 조금씩 실천하기로 한다. 그리고 혼자보다 함께가 낫다는 것을 잊지 말아야 한다. 회원 한두 사람만이라도 만나서 터놓고 이야기를 나눠 보자. 그렇게 소통의 계기를 넓혀 가다 보면 모임을 대하는 사람들의 태도도 달라질 것이다. 모임의 성장은 그렇게 이루어진다.

☺
지루한 시간을 깨우는
잇템

함께 읽은 책이 쌓이고 모임 횟수가 늘어날수록 사람들은 다른 회원의 성향에 익숙해진다. 그날의 책과 참여자만 봐도 모임 분위기를 대략 예측할 수 있을 정도다. 가령 이번 모임 책이 무거운 편이라든지, 참여자들이 대체로 진지하거나 조용한 성격이라면? 경험이 많은 회원은 정모 참여를 미룰지도 모른다. 실제로 독서모임 회원 중에는 함께 읽을 책이나 참여자에 따라 참석을 결정하는 경우가 많다. 다음 정모의 날씨가 흐림으로 예상되더라도 운영진이나 진행자는 무작정 모임에 빠진다고 할 수 없으니, 우려가 현실이 되지 않도록 비책을 꺼내 들어야 한다.

분위기를 띄우는 효과 만점 도구들

가끔 정모가 점심시간 후의 나른한 교실 풍경을 닮았다고 느껴질 때가 있다. 이럴 때 흥미로운 이야깃거리를 장전한 신규 회원이 등장하거나, 탄탄한 정보나 이벤트거리를 담은 발제지를 뽐내며 발제자가 영웅처럼 나타나면 좋겠다는 상상만. 그런 존재는 영화나 드라마에서도 거의 안 나온다는 걸 잘 알잖나. 도움이 조금 미약하거나 분위기를 더 꼬이게 만드는 부작용이 나타날 수도 있지만, 아주 잠깐이라도 모임의 기운을 띄우는 방법이 있기는 있다. 확실히 안 하는 것보다는 나을 이것들의 쓰임을 확인하고 정모에서 적절히 활용하면 좋겠다.

8절 스케치북

그림을 잘 그린다면 너른 여백에 사람들 얼굴을 그려서 기념으로 줘도 괜찮다. 이보다는 못하지만 다른 활용법도 있다. 그날 모임에서 중심이 되는 키워드나 질문을 매직이나 네임펜으로 크게 써서 회원들이 볼 수 있게 하는 것이다. 책 내용의 주된 흐름이나 인물 관계 등을 압축해서 보여 줘도 좋다. 이렇게 하면 회원들이 책 내용을 더 쉽게 확인할 수 있고 대화 흐름을 놓치지 않게 되어 모임에 더 몰입할 수 있다.

사람들에게 무언가를 보여 주는 용도가 아니더라도 커다란 스케치북은 유용하다. 이야기를 나누다 생기는 궁금증이나 사람들의 주된 생각을 넓은 여백에 쓰는 것이다. 이러면 나중에 한눈에 보고 정리하기 쉽다. A4 발제지나 수첩에 담을 수 없는 커다란 스케일이 안겨 주는 백색 여유로움을 누려 보시라. 물론 낙서하기에도 좋다. 모임이 지루해진다면 책 관련 문제를 만들어 팀을 나누고 스피드 퀴즈를 하는 데 활용하거나, 책 속 인물을 상상하며 그림을 그리는 활동을 할 수도 있다.

무선 마이크

'집콕'이나 캠핑할 때 쓰는 흔한 블루투스 마이크면 충분하다. 모임 시작과 동시에 혹은 분위기가 처질 때 진행자가 밝은 노래 한 곡 뽑으면 분위기가 확 살지도 모른다.(단, 잘 부르는 사람만!) 실은 정모 시작하면서 분위기를 띄워 보려고 마이크를 음원 서비스에 연결해서 누구나 알 만한 노래를 틀고 아주 작은 소리로 따라 부른 적 있다. 욕을 바가지로 먹고 모임 보이콧 소리도 들었지만, 나름 사람들을 뜨겁게 만들긴 했다. 물론 노래를 안 불러도 마이크는 유용하다. 논쟁이 치열해서 분위기가 다소 어수선할 때 발언권을 마이크로 주면 정리가 되기도 한다. 또한 회원들의 몰입도가 떨어질 때 돌아가면서 마이크를 들고 말하도록 하면 적절한 긴장감이 생기면서 서로의 말에 집중하게 된다. 어떤 마이크는 소리가 고르지 못하고 울리기도 한다. 오래 쓸 거면 조금 고가의 사용자

리뷰가 좋은 걸로 사자.

블루투스 스피커

모임 장소가 음악이 흐르는 공간이 아니라면 정모 시작 전에 스피커를 켜고 음원 서비스를 연결해 듣기 편한 곡을 틀어 놓자. 속속 도착하는 사람들이 한결 경쾌하게 다가올 것이다. 정모를 시작했는데도 너무 조용하면 적막하게 느껴질 수도 있으니, 잔잔한 연주곡을 소리를 줄여 배경 음악처럼 띄워도 좋다. 가볍고 밝은 책으로 이야기를 나눌 때 책과 어울리는 음악을 여리게 틀어 놓으면 모임 분위기가 가뿐해지기도 한다. 음악 관련 책으로 이야기를 나누거나 그날 모임에서 음악이 중요한 주제였다면, 그 음악을 함께 들어 보자. 모임 도중에 휴대폰을 활용해야 할 때도 있고, 휴대폰보다 블루투스 스피커의 음질이 좋은 경우가 많기에 스피커를 사용하는 것이 효과적이다.

향초

평일 저녁에 정모를 하는 모임도 있다. 그럴 때면 향이 좋은 초를 준비하자. 이왕이면 성분 좋은 유기농 향초로. 그러면 퇴근 혹은 방과 후에 참여하는 회원들의 노곤함을 달래고 저녁의 차분한 분위기를 돋울 수 있을 거다. 은은한 향을 품은 초에 불을 붙여 놓기만 하면 사람들의 눈과 코가 알아서 쉬고 분위기가 너그러워진다. 물론 편안한 느낌이 누군가의 졸음을 부를 수 있다. 나름 신경써서 고른 향이 누군가가 싫어하는 냄새일 수도 있다. 자극적인 향은 되도록 피하자. 굵은 초 하나 대신 중간 크기나 소형 초 몇 개를 사이사이에 놓으면 시각적인 효과도 누릴 수 있다. 향초 대신 디퓨저나 아로마 오일을 활용해서 분위기를 전환할 수도 있다.

복불복 게임 도구

오로지 운에 기대는 단순한 게임 도구를 준비하자. 상어 룰렛, 악어 게임, 불도그 게임 같은 도구는 특정 이빨을 누르면 입이 닫히면서 손을 물게 되어 있다. 이보다는 해적 룰렛이 더 몰입도가 높다. 통에 뚫려 있는 여러 개의 구멍에 칼을 넣다 보면 통 안의 해적 아저씨가 튀어나오는 그 게임 맞다. 모임을 시작할 때 이야기할 순서를 정하거나, 마무리할 때 리뷰를 쓸 사람이나 다음 발제자를 정할 때 유용하다. 회원들이 하기 싫은 일을 타이틀로 걸수록 긴장감이 높아지고 심장이 쫄깃해진다. 이 게임을 하다 보면 회원들의 진한 샤우팅과 무심코 튀어나오는 야무진 욕을 들을 수도 있다. 인터넷 쇼핑몰에서 1~2만 원대면 괜찮은 상품을 구할 수 있다.

폴라로이드

정모를 할 때마다 습관처럼 휴대폰으로 모임 풍경이나 참여한 사람들을 찍는 모임이 있을 거다. 나름 꾸준히 공들여서 찍은 사진들을 가만히 펼쳐서 보다 보면 사람들 위치만 조금씩 바뀔 뿐, 구도도 포즈도 심지어 표정까지도 비슷한 경우가 많다. 가끔 폴라로이드를 준비해 가면 사진 찍을 때 사람들도 뭔가 달라진 모습을 보인다. 그렇게 찍은 사진을 발제자나 모임 중에 특별히 활약한 사람에게 선물처럼 주면 좋다. 미니 사이즈 폴라로이드는 출력된 사진을 책갈피처럼 쓸 수도 있으니 독서모임 소품으로 딱이다. 정사각형이나 와이드 사이즈도 있다. 필름 값이 들지만, 제값은 충분히 한다.

모래시계, 이름표, 출석부

말 많은 사람의 참석이 예상되는 정모 시 필수 아이템이 모래시계다. 회원들에게 발언 기회를 균등하게 주면서 긴장감을 살짝 높여 주니 유용하다. 떨어지는 모래를 보면서 이야기해야 하는 사람은 살 떨릴 수 있지만, 옆에서 지켜보는 이들은 은근히 즐긴다.

새로 온 회원이 많을 때는 이름표를 준비해서 서로의 이름에 익숙해지게 하는 것이 좋다. 실제 이름 대신 별명이나 불리고 싶은 명칭을 적게 하면 다들 나름 진지하게 고민하기도 한다. 어렸을 때 쓰던 명찰 형식의 이름표를 구하면 사람들이 더 반가워할 것이다.

회원들의 출석률을 확인하기도 하고, 회원들의 정모 참여를 독려하기 좋은 게 출석부다. 운영진이 각 회원의 출석을 따로 기록할 수도 있지만, 그보다 학교에서 보던 출석부 모양을 출력해서 준비하면 재밌는 상황을 연출할 수도 있다. 출석 체크를 스탬프나 스티커로 대신하면 사람들이 더 좋아한다. 일정 기간 정모 최대 출석자에게 개근상과 상품 같은 걸 준비해서 전달한다면 좋은 이벤트가 될 것이다.

낱개 포장 먹거리

먹거리는 언제나 환영받는다. 때로는 사람보다 먹거리를 더 반기는 것 같기도 하다. 가끔 간식 릴레이가 펼쳐질 때도 있다. 먹은 것에 대한 작은 보답을 서로 나누는 것이다. 평일 저녁에 하는 정모에서는 저녁을 못 먹고 오는 경우를 생각해서인지 빵, 마카롱, 떡, 호두과자, 견과류, 쿠키 등이 많이 등장한다. 낱개 포장 초콜릿이나 과자, 젤리, 초코볼 등도 나눠 먹기 좋다.

사람들이 특별히 만족하는 먹거리도 있다. 바로 건강보조식품이다. 비타민 젤리, 홍삼 스틱, 낱개 포장 비타민 C, 스틱형 도라지배즙 등을 함께 먹고 시작하면 회원들이 더 적극적이라는 느낌이 들기도 한다. 먹거리는 모임 시작 전에 다 먹기도 하지만, 중간중간에 먹을 수 있게 펼쳐 놓기도 한다. 사탕처럼 입 안에 오래 머무는 것, 소리나 냄새가 나는 것, 부스러기가 생기는 것 등 대화에 방해되는 먹거리는 피하도록 한다.

복권, 꽃

바쁜 일로 한동안 정모에 참석하지 못했던 회원이 오랜만에 모임에 나왔다. 반갑게 인사를 하면서 모인 사람들에게 종이를 한 장씩 건넸다. 연금 복권이었다. "저는 꾸준히 사는데 이번에 사람들이 보고 싶기도 했고 선물하고 싶더라고요." 연속 번호로 샀기에 당첨되면 몇 사람이 함께 당첨될 수 있다고 했다. 잠깐 '진짜 되면 좋겠다!'는 생각을 했다. 다들 비슷하게 기분 좋은 상상을 하는 듯했다. 복권 한 장씩 나누며 함께 흐뭇해할 수 있었다. 여러 복권이 있지만, 연금 복권이 왠지 모임에 더 잘 맞는 듯싶었다. 가끔 복권 한 장씩 돌리며 분위기를 따스하게 만들어도 좋겠다.

묘하게 기분을 좋게 만드는 재료로 꽃을 잊어서는 안 된다. 더도 말고 한 송이여야 뭔가 느낌 있고, 사는 사람 부담도 덜하다. 꽃을 왜 사는지 모르겠다는 사람, 꽃이 안 어울리는 사람이라도 꽃을 받으면 은근히 기뻐한다. 나도 그랬다. 이야기 나누는 내내 누군가에게 받은 꽃이 함께한다면 기분 좋을 수밖에 없지 않을까.

☺

온라인이라도
괜찮아

2020년 이전에는 사람들의 만남 없이 이루어지는 독서모임을 본 적도 생각한 적도 없다. 그저 모임 사람들 다수와 만나지 못하는 기간이 길어진다면 헤어질 시간이 다가왔다는 뜻이겠거니 싶었다. 그런데 그 사건이 터지고, 실제로 사람들을 오랫동안 볼 수 없는 상황이 되니 어떻게 해야 하나 멍해졌다. 당장은 모임의 SNS 위주로 소통하려고 했는데, 단발성 대화에 머물다 보니 한계가 있었다. 상황이 점점 악화되면서 모든 학교에서 온라인 수업을 했고, 일부 회사에서는 온라인 회의를 진행했다.

온라인 모임을 해야 하나 고민하다가 회원들에게 생각을 물었는데 의견이 엇갈렸다. 당장 모임을 중단하고 상황이 나아져서 만날 수 있을 때 모임을 재개하자는 의견이 있었고, 온라인으로 정모를 하는 모임도 있으니 어색하더라도 시도해 보자는 의견도 있었다. 어느 모임이든 겪어 본 사람은 알겠지만, 몸이든 관심이든 회원들이 멀어지면 그 거리를 회복하기가 쉽지 않다. 그런 생각에 이르자 가만히 기다리기만 해서는 안 되겠다 싶었다. 방법을 잘 몰라도, 사람들이 별로 참여를 안 하더라도 온라인 모임을 시도할 수밖에 없었다.

당장은 일부 회사나 커뮤니티에서 많이 쓴다고 알려진 방법을 따라 했다. 유명한 화상 회의 툴을 활용해 사람들과 영상으로 만나기로 했다. 처음 몇 차례의 화상 모임은 정모 불참 페널티와 무관하게 자유로운 참여를 유도했다. 예상대로 참여율이 저조했다. 단 서너 명이서 서로의 안부를 묻고 책에 대해 몇 마디 주고받는 일이 반복되었다. 계속 이러면 안 될 것 같아서 운영진 회의를 거쳐 온라인 정모 불참이 지속되면 페널티를 부여하기로 했다. 억지로인지 호기심에선지 모르겠지만, 온라인으로 얼굴을 내미는 사람이 늘긴 했다. 아예 모임을 떠난 사람도 있고, 나중에 복귀하겠다며 잠깐 빠지겠다는 사람도 있었다. 온라인 모임에 긍정적이고 회원 참여가 나쁘지 않은 모임도 있다는 얘기를 들었는데, 그게 우리 모임은 아니었다.

어려운 상황이 나아지지 않으면서 온라인 모임을 이어 갈 수밖에 없었지만, 여러 사람이 함께하기에는 제약이 많았고 모임에 흥을 불어넣기가 어려워서 모임 활동을 당분간 중단하기로 했다. 그 사이 다양한 온라인 도구 활용법이 책이나 방송을 통해 알려졌고,

실제로 활용하는 모임도 늘어났다. 그런 도구 사용이 궁금해져서 여기저기 자료를 찾아보았고, 유명한 온라인 도구를 활용해 모임을 해 보기로 했다. 처음에는 도구 활용이 서툴고, 자칫 그나마 함께하던 회원마저 빠질까 봐 일부 친한 회원과 몇 가지를 시도해 보았다. 하고 보니 예상보다 유용한 도구가 많았다. 어떤 것은 꼭 특수한 상황 말고 평소에 활용해도 좋겠다 싶었다.

이런 경험 때문인지 그동안 활용했던 몇몇 온라인 활동을 향한 부정적인 생각을 바꾸게 되었다. 온라인이라고 무조건 꺼리지 말고, 아주 흔하고 사소한 온라인 도구라도 모임의 순간순간에 잘 활용해서 회원들의 참여를 이끌어 내는 게 이득이다.

SNS로 일상 나누기

한 달에 한두 번, 자주 모인다 해도 일주일에 한 번 모이는 사람들이 친해지려면 시간이 오래 걸릴 수밖에 없다. 모임 뒤풀이가 없거나, 있어도 참석하지 않는 회원이 많다면 더욱 그렇다. 더 빠르게 가까워지기 위해 SNS에 단톡방을 열어서 회원들과 소통하는 모임이 있다. 물론 SNS를 잘 안 하거나 채팅이 불편한 사람이 있을 수 있으므로 원하는 사람만 함께하도록 한다.

오래된 모임일수록 회원들끼리 친해서 SNS로 소통하는 경우가 많다. 이를 통해 회원들끼리 일상의 자잘한 이야기를 나누고, 책이나 각자 관심 분야의 유용한 정보를 공유한다. 회원들이 정모보다 대화방에서의 소통을 통해 서로에 대해 더 알게 되기도 한다. 심지어 정모에서는 본 적 없는 사람들이 SNS로 먼저 친해지는 경우도 있다. 나중에 그들이 만날 때에는 어색함이 덜한 듯했다. 처음엔 SNS 소통을 무시했지만, 언제부턴가 SNS는 모임의 일상이 되어 있었다.

하지만 SNS를 통한 소통이 불편한 상황을 만들기도 한다. 모임에서 의견을 구할 때나 정모 참석에는 소극적이면서 대화방에서만 적극적인 회원이 있다. 대화방에서 특정 사람들끼리만 소통할 때도 있는데, 그런 대화에 끼지 못하는 사람은 소외감을 느끼기도 한다. 말이 아니라 글이다 보니 어떤 표현은 오해를 사기도 한다. 활발하던 대화가 급격히 줄어드는 때도 있다. 그러면 운영자는 모임 분위기가 침체되었다고 생각해 사람들이 반응할 만한 화제를 던져야 하나 고민하게 된다. 강퇴되거나 탈퇴한 회원이 대화방에 남아 있는 경우에도 꽤 신경이 쓰인다. 그 사람에게 따로 연락을 취해 양해를 구하든 나갈 때까지 기다리든 해야 하는데, 두 가지 모두 부담되는 일이다.

온라인에서 글 공유

독서모임을 유지하기 위해서는 모임 소개, 회칙 공지, 모임 일정 공지, 책 선정 투표, 읽을 책 공유, 번개 일정 공지 등을 할 수 있는 온라인 공간이 필요하다. 대부분 모임은 온라인 카페, 블로그, 모임 관련 앱, 개별 홈페이지 중 한 가지를 활용한다. 이런 공간에는 기본적으로 공지란이나 게시판이 있다. 이를 시간의 구애를 받지 않고 회원들끼리 생각을 나눌 수 있는 통로로 활용할 수도 있다.

부득이한 이유로 정모에 참석하지 못한 회원 중에는 함께 읽은 책에 대해 사람들이 나눈 이야기를 궁금해하는 사람도 있다. 마찬가지로 정모에 참석하지 못한 사람의 의견을 듣고 싶어 하는 사람도 있다. 이때 정모에서 나눈 대화 내용을 압축해서 올리거나, 독서 소감이나 비평 등을 게시판에 적으면 회원들이 댓글로 활발하게 소통하기도 한다. 또한 다음에 함께 읽고 이야기 나눌 책의 정보, 정모 후 책과 관련해 설명이 부족했던 부분을 보충하는 내용, 책에 대해 더 알게 된 지식 등을 올리면 회원들이 감사 인사를 전한다. 회원들에게 각자 읽은 책의 가벼운 리뷰나 나중에 읽고 싶은 신간의 정보 등을 올리도록 하면 좀 더 다양한 교류를 유도할 수 있다.

온라인에서 모이기

뜻하지 않은 팬데믹으로 대면 모임이 힘들어지자 대부분 독서 모임은 활동을 멈췄다. 초반에는 좀 쉬면 다시 모임을 할 수 있을 거라 생각했다. 그런데 모임을 할 수 없는 상황이 계속되면서 여러 모임이 온라인으로 눈을 돌렸다. 실제로 진행해 보니 화면으로 보고 이야기 나누는 탓에 생생함도 없고, 집중도도 떨어지고, 어색하거나 부끄럽다는 회원이 많아서 온라인 모임의 참여율은 저조했다.

모임마다 변화된 상황에 맞춰 기존과 다른 다양한 운영 방식을 시도했다. 함께 읽은 책으로 이야기를 나누던 모임이 온라인에서 회원들이 각자 읽었거나 읽고 있는 책을 소개하거나, 온라인에서 만나 정해진 시간 동안 대화 없이 각자 원하는 책을 읽기만 하거나, 함께 읽거나 각자 읽은 책의 리뷰를 써서 게시판에 올리고 댓글로 소통하는 방식 등을 취했다. 온라인 게시판을 이용해 활발히 소통하는 모임도 있었다. 함께 읽은 책에 대해 운영자가 몇 가지 질문을 올리면 회원들이 댓글로 의견을 적는 방식을 취한 것이다.

온라인으로 모임을 진행해 봤던 사람들이 비슷하게 하는 말이 있다. 초반의 어색함과 부끄러움을 넘기니까 온라인 모임의 유용함이 보이더라고. 편한 복장으로 참여할 수 있고, 사람들끼리 맞추기만 하면 밤늦게도 모임이 가능할 정도로 시공간의 제약이 없다는 것이 온라인 모임의 가장 큰 장점이다. 이렇게 참여 부담이 적다 보니 일부 회원끼리 짧은 시간 동안 가볍게 이야기 나누는 소모임이 활성화되기도 한다. 앞으로도 온라인 모임은 계속 이루어질 듯하다. 그래서 지금이라도 온라인 모임을 시도해 보려는 분들이 참고할 만한 도구를 모아 봤다.

SNS에서 만나다, 카카오 라이브톡 / 밴드 라이브

라이브톡은 카카오톡의 단톡방에서 누군가 진행하는 영상을 사람들이 함께 시청하면서 채팅으로 소통하는 기능이다. PC와 모바일 모두에서 가능하고 참여할 수 있는 최대 인원은 40명이다. 한 사람이 진행하는 영상을 다수의 사람이 관람하는 형식이라서 모임 사회자나 발제를 맡은 사람이 진행하면 된다. 회원들이 돌아가면서 진행하기로 하면 부담을 느끼는 사람이 있을 수도 있겠지만, 짧게라도 시도해 보면 다들 색다른 경험을 할 수 있다. 보는 사람은 다양한 방송을 접하는 듯한 재미를 느낄 수도 있다.

진행자는 단톡방 화면 하단의 '+' 버튼을 눌러 나타나는 '라이브톡'을 선택해 방송을 시작한다. 참여자는 '라이브톡 시작'이라는 메시지를 누르면 방송을 시청할 수 있다. 방송 진행자와 참여자는 댓글로 소통할 수 있다. 또한 방송 중에 화면을 누르면 우측 상단에 네모가 포개진 모양이 나타난다. 이를 누르면 멀티태스킹이 가능하여 방송 중에 기존 채팅창을 이용하거나 다른 작업을 할 수도 있다.

밴드 라이브도 라이브톡과 유사하다. PC와 모바일로 진행할 수 있으며 시청 인원에 제한이 없다. 다만 한 번에 최대 2시간까지만 이용할 수 있다. 라이브 방송을 시작하려면 밴드 내 '글쓰기'를 선택한 후 '라이브 방송'을 누르면 된다. 방송은 리더와 리더가 권한을 부여한 회원이 진행할 수 있다. 방송 중에 회원들과 메시지로 대화를 나눌 수 있고, 라이브가 끝난 후에는 영상을 게시글로 첨부할 수도 있다. 영상을 업로드해 공유하면 회원들과 더 많은 이야기를 나눌 수 있다.

화상으로 만나다, 줌Zoom / 구글 미트Google Meet

Zoom은 많은 독서모임에서 사용하는 온라인 화상 회의용 프로그램이다. 모바일 앱이나 PC용 프로그램을 다운로드받아 사용하면 되고, 최대 100명까지 참여할 수 있다. 40분까지는 무료이지만, 연속해서 40분 이상 사용하길 원한다면 Zoom 회의를 개최하는 호스트가 사용료를 결제해야 한다. 비용이 부담된다면 40분마다 회의를 끊고 새로 접속하면 된다. 모바일과 PC 모두 사용할 수 있다. 다만 모바일 앱에서는 한 화면에 본인 포함 4명의 참가자만 볼 수 있고, PC에서는 여러 명의 얼굴을 동시에 볼 수 있다. PC에서 접속하려면 캠이 설치되어 있고 마이크 기능이 작동하는지 확인한다. 호스트가 회의를 연 후에 초대 링크를 복사해서 공유하면 회원들이 쉽게 접속할 수 있다. 호스트는 회원들의 접속 신청을 수락해 참여하게 한다. 참여자는 채팅을 하거나 화면 공유를 통해 자료를 나눌 수도 있다. 녹화 기능을 활용해 모임 영상을 공유하면 참석하지 못한 사람들도 그날 나눈 이야기를 들을 수 있다.

Google Meet는 Zoom처럼 온라인 화상 회의가 가능한 프로그램이다. PC의 구글 홈페이지에 접속하거나 휴대폰에서 모바일 앱을 다운로드받아 활용할 수 있다. 이 프로그램 역시 무료와 유료 버전이 있다. 무료 버전은 최대 100명, 1시간까지 진행할 수 있다. 진행자가 회의를 만들면 생성되는 링크를 단톡방이나 문자 등을 통해 회원들과 공유하면 쉽게 참석할 수 있다. Google Meet는 화면 공유를 '내 전체 화면', '창', '탭'으로 나눠서 할 수 있다. 따라서 발제자의 발표 위주로 이루어지거나, 발제자가 이미지나 영상 등의 다양한 자료를 보여 주면서 진행해야 하는 모임에 유용하다.

글로 만나다, 구글 잼보드Google Jamboard / 패들렛Padlet

구글 잼보드는 온라인 화이트보드라고 할 수 있다. 여러 사람이 아이디어를 공유하고 의견을 나누는 데 유용하다. 구글 홈페이지를 통해 접속하거나 모바일 앱을 다운로드받아 누구나 사용할 수 있다. 이 프로그램에서 'Jam'이라는 보드를 만들면 직접 글자를 쓰거나, 그림을 그리거나, 이미지를 첨부할 수 있다. 진행자가 회원들에게 링크를 공유한 후 사용자들에게 편집자 권한을 부여하면 모든 사용자가 공유된 하나의 화면에 그림을 그리거나 생각을 포스트잇에 담아서 붙이는 등의 활동을 할 수 있다. 잼보드를 통해 책을 읽은 감상, 저자 정보, 밑줄 친 부분 등 여러 가지 주제로 저마다의 생각과 다양한 정보를 나눌 수 있다. 잼보드는 Google Meet와 연동할 수도 있다. Google Meet에서 온라인 화상 모임을 할 때 모아 놓은 자료나 의견을 잼보드로 함께 보면서 이야기 나누면 모임이 보다 풍성해질 것이다.

패들렛은 하나의 온라인 공간에 여러 사람이 접착식 메모지를 붙이는 형태로 각자 생각이나 다양한 정보를 나눌 수 있는 프로그램이다. 참여자가 메모지만 작성하면 되는 단순한 형태라 누구나 쉽게 활용할 수 있다. 파일 첨부도 가능해서 자료를 취합하기에도 좋다. 무료 버전은 1인당 3개, 유료 버전은 무제한으로 패들렛을 만들 수 있다. 진행자가 패들렛을 만든 후 링크를 공유하면 참여자는 회원 가입 없이도 게시물을 올릴 수 있다. 추가 권한이 필요하면 활동 승인이나 방문자 권한을 조정하면 된다. 독서모임에서 회원들이 읽고 싶은 책, 읽은 후 감상, 책에 관한 질문이나 정보 등을 모을 때 유용하다.

4

일상,
모임과 자라다

그 모임의
기억법

어느 날씨 좋은 날, 오랜만에 제대로 집 청소를 하게 됐다. 창문을 활짝 열고 가장 쉬워 보이는 방바닥 쓸고 닦기부터. 까다롭고 오래 걸리는 일은 단연 책장 쪽에 몰려 있다. 펼친 지 오래된 책들을 꽂아 놓은 책장의 여러 칸 앞에는 여행 기념품과 외국 동전, 사은품 인형, 쓰다 만 핸드크림 등이 어지러이 놓여 있다. 물건들을 정리하고 수북한 먼지를 닦고 나서 책들을 봤다.

아주 오래전에 활동했던 독서모임에서 읽은 책들이 모여 있었다. 다 읽었다는 기억만 나는 책, 내용이 어렴풋이 스치는 책, 읽고 좋아서 다른 사람에게 선물하기도 한 책, 모임에서 사람들과 나눈 이야기를 오롯이 떠올리게 만드는 책 등등. 그중에 '이 책은 뭐지? 왜 여기에 있지?' 싶은 책도 있었다. 궁금해서 펼쳐 봤더니 익숙한 밑줄과 메모가 듬성듬성 있었다. 그리고 결정적인 모임의 흔적!

몇몇 페이지에 억지로 만든 질문이 보였다. 그래, 그날 모임은 참 지루했었던 것 같다.

모임을 기록하는 방법

모임과 함께했던 여러 날이 있지만, 기억하려고 애쓰지 않아도 떠오르는 순간은 많지 않다. 이는 다 읽었는데 무슨 내용인지 모르겠는 책들이 쌓여 있는 것처럼 아쉬운 일이다. 책을 읽고 사소하게라도 남긴 기록이 있다면 나중에 보면서 내용을 떠올릴 수 있다. 마찬가지로 모임마다 소소한 자취를 남긴다면 어렴풋한 순간순간을 떠올리며 추억할 수 있지 않을까. 그렇게 지금의 모임과 내일의 모임이 먼 훗날에도 기억될 수 있다고 생각하면 모임을 하는 시간이 더 뜻깊지 않을까. 모임에서 함께한 책과 사람들 그리고 분위기를 조금 더 또렷이 담을 수 있을 만한 방법들을 모아봤다.

사진 찍기

가장 쉽고 흔한 방법이다. 그런데 이마저도 하려고 하면 귀찮거나 어색하거나 쑥스럽다. 자잘한 불편을 감수하고 찍은 사진은 오래 남아서 좋은 기록과 이야깃거리가 된다. 의식하지 않으면 지나치기 쉽고, 익숙하지 않으면 피하기 쉬우니 사진 촬영을 모임 필수 활동으로 정해 보자. 운영진이 찍든가 담당을 정하는 게 효과적이다. 담당이 정해지면 셀카 봉이나 미니 삼각대를 챙기도록 한다. 사진에는 그날그날 모임에서 읽은 책이나 주요 활동 요소를 담는다. 원치 않는 사람도 있으니 촬영 전에 반드시 찍혀도 괜찮은지를 묻는다.

독서모임들의 사진을 보면 책과 사람만 다르지 구도나 포즈가 비슷한 경우가 많다. 판박이 같은 사진이 싫다면 매번 책과 관련된 콘셉트를 정하거나 작은 소품을 활용하면 좋다. 찍은 사진은 모든 회원이 볼 수 있게 온라인으로 공유하자. 참석하지 않은 회원이 사진을 보고 조금이라도 아쉬워한다면 성공!

영상 찍기

요즘 대세이기도 하고 모임의 순간을 자세히 담기에는 영상만한 게 별로 없다. 온라인에서 다른 모임들의 영상을 찾아보고 참고해도 된다. 참석자 모두가 동의했다면 되도록 다양한 순간을 촬영하는 게 좋다. 정모 장면을 찍기가 부담스럽다면 뒤풀이나 MT 등 편한 순간부터 시작하자. 촬영 시간이 길어질수록 영상을 편집하는 사람에게는 고역일 수 있으니 처음엔 짧게 시작해서 조금씩 늘리는 것이 좋다. 가벼운 기록을 위한 영상이라면 정모나 다른 행사의 시작 전 혹은 끝나고 난 순간을 스케치하는 정도로 촬영하면 된다. 더 의미 있는 영상을 남기고 싶다면 참석자들이 각자 책에 대한 생각을 말하는 모습을 촬영한다.

이런 영상은 회원들이 책을 더 열심히 읽는 동기가 되기도 한다. 촬영한 영상은 편집 없이 공유할 수도 있지만, 역시 깔끔하게 정리된 영상의 반응이 좋긴 하다. 모임에 영상 편집 능력이 빼어난 회원이 한 명 이상 있기를. 적극적인 모임이라면 유튜브 계정을 만들어서 영상을 널리 알리는 것도 좋겠다.

발제지 모으기

정모마다 발제자를 정하고 발제지를 준비하도록 했다면 모임에서 읽는 책마다 발제지를 얻을 수 있을 것이다. 다양한 발제지를 차곡차곡 모아 놓으면 나중에 유용할 때가 있다. 모임에서 읽은 책을 모임 바깥의 누군가에게 소개하거나 인용하려고 할 때 발제지만 봐도 책의 중심 내용을 파악할 수 있다. 내용이 알차거나 정모에서 사람들이 나눈 이야기가 잘 정리된 발제지라면 더 수월하게 책에 대한 기억을 떠올릴 수 있다. 발제지를 모으고자 한다면 발제자에게 양해를 구해서 발제 내용을 문서 파일로 받는 것이 좋다. 어느 정도 발제지가 쌓였다면 자료집으로 제작할 수도 있다. 이 작업을 염두에 둔다면 발제지 형식과 내용 요소를 어느 정도 일정하게 맞추는 게 좋다.

녹취

모여서 함께 나누는 이야기를 휴대폰이나 녹음기로 녹음한다. 물론 녹음 전에 회원들에게 양해를 구해야 한다. 만약 원치 않는 사람이 있다면 발언 순서를 조절해서 허락한 사람들의 이야기만 녹음하면 된다. 다만 녹취는 쉬운데 정리가 번거롭다. 녹취한 내용을 텍스트로 옮기는 일은 꽤 많은 시간이 필요하다. 작업을 맡을 사람을 회원 중에 정하거나 모임에서 일정 비용을 모아 전문가에게 의뢰할 수도 있다. 그리고 완성한 텍스트를 다듬는 작업도 만만치 않다. 이는 모임 내에서 읽기와 정리를 잘하는 사람이 맡는 게 좋다. 녹음하는 내용을 텍스트로도 저장해 주는 앱도 있으니, 이를 활용한다면 기록이 수월하겠다.

이렇게 여러 과정을 거친 결과물을 보면 제법 그럴듯하다. 회원들의 만족도도 높은 편이다. 꾸준히 모으면 책으로 제작할 수도 있다. 녹취 후의 작업이 번거롭다면 녹음 파일만 회원끼리 공유해도 된다. 나중에 들어 보면 '내가 이런 말을 했나?' 싶을 정도로 오글거리기도 하고 뿌듯해지기도 한다. 그날의 대화를 듣다 보면 그 사람 모습이 연상돼서 피식 웃음이 나기도 한다.

논의 압축

정모가 끝나면 나눴던 이야기 중에서 쟁점이 된 부분, 깊이 있게 논의를 이끈 주제, 곱씹어 보기 좋은 화제 등을 추린다. 그리고 이에 대해 정모에서 했던 말이나 전달하고픈 생각을 각자 글로 정리하도록 해서 받는다. 그냥 적어서 보내 달라고 하면 무엇을 쓸지 막연하기도 하고 잊어버리기도 쉬우니 질문 형식으로 만들어서 답하게 한다. 모임에서 나왔던 몇몇 사람의 말을 짧게 인용하면 더 익숙하게 여길 수 있다. 긴 글을 쓰기 부담스러워하는 사람에게는 한두 줄도 괜찮다고 한다. 그리고 모아서 제본할 거라든지, 나중에 보면 책 내용이 잘 기억나지 않겠느냐고 확실하게 동기를 부여한다.

정모에 참석하지는 않았지만, 책을 읽은 사람도 함께할 수 있도록 모임 게시판에 질문을 올려서 댓글로 답변을 받아도 좋다. 마감 시한이 너무 늦으면 사람들의 관심이 떨어지고 잊힐 수 있다. 되도록 일주일 안에 쓰게 하는 것이 좋다. 그렇게 모은 내용은 회원 모두가 볼 수 있게 공유한다. 정리한 내용을 나중에 보면 책과 사람들 이야기가 금방 떠오를 것이다.

밑줄 수집

책을 읽으면서 중요하거나 궁금하거나 수상한 부분에 밑줄을 긋는 사람이 있다. 포스트잇이나 메모장 등을 활용하는 사람도 있다. 책을 읽어 나가다 보면 밑줄이 쌓이기도 하고, 앞서 친 밑줄이 별 내용 아니라고 여겨지기도 한다. 그렇게 책장 사이사이에 존재하는 밑줄 중에는 곱씹고 싶거나 사람들과 이야기 나누고 싶은 부분도 있다. 이런 밑줄이 정모에서 온전히 공유되고 중요하게 다뤄질 때도 있지만, 더 크고 깊이 있는 주제에 묻히는 경우도 많다.

이렇게 소소한 밑줄을 살리고 다른 사람이 어떻게 읽었는지도 엿볼 수 있는 방법이 서로의 밑줄을 공유하는 것이다. 회원들에게 책을 읽으면서 친 밑줄이나 체크한 부분을 사진으로 찍거나 타이핑해서 게시판에 올리도록 한다. 밑줄에 짧은 코멘트를 붙이게 하면 더 좋다. 의외의 밑줄도 있고, 밑줄이 거의 비슷한 사람들도 있어서 흥미롭게 읽을 수 있다.

정모 후기 쓰기

물론 모든 참석자가 후기를 쓰면 좋다. 하지만 정모 참석자의 후기를 의무로 정하는 순간, 정모 참석률이 저조해질 수도 있으니 되도록 후기 담당을 정하자. 회원 대부분이 부담을 느끼는 편이라서 정모 불참 시 다음 정모 후기 쓰기 등의 벌칙으로 활용해도 좋다. 만약 회원들이 돌아가면서 쓰기로 한다면 다양한 시선과 표현 방식 등 각자의 개성이 담긴 글을 접할 수 있다.

그날의 후기를 쓸 사람을 정모 끝난 후에 정하기로 하면 참석자들이 모임에 더 집중하는 모습을 보이기도 한다. 혹시나 자신이 후기를 쓸 수도 있다고 생각해서 대비하는 듯하다. 무엇을 써야 할지 막막해하는 회원을 위해 후기에 담으면 좋을 만한 요소를 알려 주거나 이전에 여러 회원이 쓴 후기를 참고하도록 안내한다.

너무 성의 없이 쓰는 사람이 있을 수도 있으므로 후기의 분량이나 내용에 관한 최소 기준을 마련하는 것도 필요하다.

회원들 성향에 따라 독립 출판물, 팟캐스트, 유튜브 방송 제작 등 다양한 방식으로 모임을 기록할 수 있을 것이다. 할 수 있는 것은 많지만, 이러한 활동은 회원들이 모임에 관심이나 애정이 있어야 가능하다. 꼭 무언가를 남기고 기억해야만 의미 있는 것은 아니다. 하지만 이런저런 시도 자체가 모임의 순간을 더욱 가치 있게 만들어 줄 것이다.

:)

못 쓴 서평과
거리 두기

독서모임에 참여하면서 자주 접하는 것 중 하나가 서평이다. 책을 고를 때 출판사나 여러 미디어에서 제공하는 서평을 읽기도 하고, 모임 게시판에서 회원이 쓴 서평을 보기도 한다. 개인 블로그에 서평을 써서 올리거나 모임에서 만드는 서평집 제작에 참여할 수도 있다. 더러는 서평 덕에 좋은 책을 읽게 되기도 하지만, 서평에 낚여서 아쉬운 책을 사기도 한다. 읽는 입장에서 잘 쓴 서평을 보면 소개하는 책을 바로 찾게 되지만, 엉망인 서평은 도대체 왜 이렇게 썼나 싶기도 하다.

내가 서평을 쓴다면 어떨까? 나름 서평에 의미를 부여하고 열심히 쓰더라도 유명 작가나 평론가가 아닌 이상 자신의 서평이 많은 독자를 만날 가능성은 작다. 기껏해야 모임 사람이거나, 블로그나 인터넷 서점의 리뷰를 읽는 사람 정도일 것이다. 그래도 어쨌든 서평을 썼다면 내 글이 누군가의 독서로 이어지길 바랄 테고, 읽는 사람이 괜찮은 서평이라고 느끼길 원할 것이다. 하지만 읽은 사람의 반응은 전달되기 어렵다. 그나마 서평을 읽고 소감을 전하는 건 모임 사람들일 텐데 아무래도 긍정적인 이야기일 수밖에 없다. 그렇다면 다수의 침묵은 서평에 대한 실망으로 봐야 할까? 그래도 나는 잘 쓰는 편이라고 여기면 될까? 정말 궁금하다면 주변에 냉정한 평가를 요청해도 좋겠다. 가능하다면 더 많은 사람과 함께 서평 쓰기 모임을 가지는 것도 좋다. 그게 좀 어렵다면 아쉬운 서평의 특징들을 살피며 자신의 서평을 진단해 보는 게 어떨까.

아쉬운 서평의 유형

좋은 서평의 기준은 사람마다 다를 수 있다. 좋아하는 글의 취향이나 잘 쓴 글에 대한 기준이 제각각이기 때문이다. 하지만 못 쓴 서평에 대한 의견은 크게 다르지 않다. 별로인 서평의 특징들을 경계하면서 꾸준히 쓰다 보면 서평 잘 읽었다는 이야기를 듣게 될 것이다. 여기서는 내 업무상 수많은 서평을 받고 고치면서 자주 겪은 아쉬운 서평의 특징을 모아 봤다. 서평을 어느 정도 쓰고 퇴고할 때 이 내용을 떠올리면 좋겠다.

읽을 수 없는 글

읽는 사람을 편집자로 만드는 글이 있다. 맞춤법 틀린 문장이나 오탈자를 찾고 고치는 일이 과제처럼 부여된 글이다. 서평이라고 썼지만 읽을 수 없는 글이다. 읽기를 포기하게 만드는 글. 맞춤법에 자신이 없다면 포털에서 한글 맞춤법 검사기를 찾아서 돌려보거나, '한글 프로그램'의 '맞춤법' 기능을 활용하자. 어떤 글은 맞춤법 검사기는 돌린 것 같은데 어색한 단어가 계속 튀어나온다. 아마도 단어의 의미를 제대로 모르거나 있어 보이는 표현을 어디서 듣고 가져다 쓴 것 같다.

의미를 잘 모르는 단어는 뜻을 찾아보거나 아예 안 쓰는 게 좋다. 요즘 글쓰기를 다룬 책이 많이 나오고 있다. 자주 틀리는 맞춤법이나 정확한 단어 용례를 쉽게 설명하는 책도 많다. 괜찮아 보이는 책을 한 권 정해서 끝까지 정독한다면 맞춤법에는 어느 정도 자신감이 생길 것이다.

아마도 독후감?

책을 읽고 난 뒤 책에 관해 쓴 글을 모두 서평이라고 하기는 어렵다. 사전을 보면 서평은 "책의 내용에 대한 평"이다. 책 내용을 깔끔하게 압축하고 읽은 소감을 감성적으로 잘 썼어도 자기만의 평가가 없다면 서평이라고 부르기 어렵다. 물론 감상문과 서평을 명확히 나누기 어렵고, 어떤 글이 더 낫다고 딱 잘라 말할 수 없다.

어떤 식으로 쓰든, 그 글을 뭐라고 부르든 책을 읽고 난 다음에 무언가를 끄적거리는 건 의미 있는 일이기도 하다. 하지만 독후감이 아닌 서평을 쓰려고 한다면 반드시 자신만의 '평'을 담아야 한다. 아주 사소하더라도 책에 대한 자기 생각과 그 근거를 써야 서평이라 할 수 있다.

너무한 도입글

사람들이 서평을 쓸 때 제일 신경 쓰는 부분 중 하나가 첫 문장과 도입부다. 시작부터 좋은 인상을 주며 독자를 끌어당기고 싶을 테고, 앞의 몇 문장이 글 전체의 방향을 결정하기도 해서 힘을 들이는 게 당연하다. 그런데 너무 집중해서일까? 욕심을 내서일까? 거창한 수식어로 가득하거나, 친근한 느낌을 전하려고 경험담으로 시작한 것 같은데 본문과 관련이 없거나, 책과 관련된 뜨거운 사회 이슈에 꽂혀서 본론으로 넘어갈 생각은 안 하고 있거나….

도입글이 읽을 동기를 안 주면 독자는 끝까지 읽지 않는다. 그러니 서평을 다 쓴 뒤 꼭 체크하길 바란다. 전체에서 도입글의 비중이 얼마나 되는지, 도입글이 전하고자 하는 내용과 잘 연결되는지, 너무 사적인 이야기에 푹 빠져 있는 건 아닌지. 도입글은 길지 않고, 질문을 던지는 것이 미덕이 될 수 있다.

요약이 전부인 글

서평을 보는 사람 중에는 책을 읽지 않은 사람이 많다. 따라서 서평은 소개하는 책의 내용을 압축해 독자가 책에 관해 대략이라도 알 수 있게 해야 한다. 그래야 독자가 서평 내용을 이해하며 끝까지 읽을 수 있다. 이를 염두에 두고 책을 이해하기 쉽게 푼 듯한 서평이 꽤 있었다. 그런데 끝까지 읽어 보니 내용 요약이 전부인 서평도 많았다. 문학 서평이라면 줄거리 소개 위주, 비문학 서평이라면 목차를 열거한 정도로 쓴 것. 평을 한답시고 읽기 좋다, 추천한다, 일독을 권한다 등을 쓰면서 마무리하는 서평도 있었다.

내가 쓴 서평에서 책 내용을 압축해서 제시했는지, 그 분량은 얼마나 되는지, 책을 읽은 사람만 이해할 수 있게 쓰지는 않았는지 등을 꼭 확인해 보기 바란다. 인터넷 서점의 출판사 보도 자료를 활용한 서평도 있다. 책 내용을 압축해서 제시하기가 까다롭기에 참고할 수는 있겠지만, 너무 똑같이 옮기지 말고 살짝이라도 바꿔서 쓰자. 책 내용을 자신만의 표현으로 간결하게 압축하려면 쓴 글을 줄여 나가는 연습을 하는 게 좋다. 역시 꾸준히 쓰고 고치는 길밖에 없다.

그러니까 책은 어디에

'서평인 건가?', '무슨 책에 관한 이야기지?' 싶은 글이 있다. 소개하려는 책이 엑스트라로 등장하는 서평. 가령 전체 서평이 열줄이라면 소개하는 책 이야기는 두세 줄밖에 안 되는 글. 이런 서평은 자기 경험담, 작가의 삶이나 다른 작품 이야기, 책에 얽힌 사회 이슈나 배경 소개, 책의 한 부분에 등장하는 인물이나 사건에 관한 내용 등으로 채워져 있다. 이런 글은 필자가 쓰면서 한 가지 대상에 꽂혔다가 빠져나오지 못한 느낌을 준다. 또한 매끄럽고 재밌게 잘 썼지만, 정작 소개하려는 책에 대해서는 잘 모르겠는 서평도 있다.

서평이라면 무엇을 쓰든 소개하려는 책과 연결되는 게 중요하다. 고리가 부실하다면 쓴 내용을 통으로 날려야 할 수도 있다. 색다른 접근으로 은근하게 책을 소개하는 서평은 내공 있는 글 느낌이 나니까 꾸준히 시도해 보자.

팩트 체크 필요

서평에는 책 내용이 짧게라도 언급될 수밖에 없다. 이때 아주 사소한 부분이라도 책에 쓰인 것과 다르지 않도록 주의해야 한다. 특히 인물 이름, 지명, 사건, 시대 등 고유 명사를 틀리는 경우가 은근히 많으니 세심한 검토가 필요하다. 이보다 심각한 문제도 있다. 책에서 언급한 사실이나 특정 견해를 잘못 전달하는 경우다. 의도하지 않았다고 해도 이런 부분이 서평에 있다면 그의 다른 서평까지도 신뢰할 수 없게 된다. 그러므로 스스로 책을 완전히 이해하지 못했거나 좀 애매하다 싶은 부분이 있다면 꼼꼼히 체크해야 한다. 책의 내용뿐 아니라 서평에서도 사실과 의견을 명확히 파악해야 하고, 저자의 주장과 서평자의 의견을 확실하게 구분해야 한다. 서평을 쓸 때는 항상 책 내용과 맞춰 보는 습관을 들이자.

☺
독서 너머의
활동

　미술 전시회·영화제·뮤직 페스티벌·콘서트·야구장·도서전·원
화 전시 등 관람, 캠핑, 트레킹, 북 스테이, 커피 원데이 클래스, 공
모전, 드로잉, 독립 출판물 제작···. 독서모임 사람들과 함께했던
활동들이다. 독서모임을 하는 사람 중에는 문화 예술에 관심이 있
고 뭐든 배우기를 즐기는 사람이 은근히 많다. 이런 사람들 사이
에 있다 보니 관심사를 나누기도 하고, 새로운 시도를 따라 해 보
기도 한다. 그중에는 경험 삼아 해 보는 것으로 충분한 활동도 있
지만, 단기 이벤트로 지나치기엔 아쉬워서 정기적으로 하게 된 활
동도 있다. 그렇게 무언가에 진심인 사람 서너 명만 뭉쳐도 소모
임이 꾸려졌다. 물론 독서모임에 방해가 되지 않는 선에서. 그저
느낌에 불과할 수도 있지만, 이런 소모임은 사람들 사이를 끈덕지
게 만드는 것 같고, 해 보고 싶은 마음은 있지만 혼자 하기는 부담

스러운 일을 쉽게 포기하지 않게 하는 듯하다.

도전! 독서모임 안의 소모임

아주 띄엄띄엄 진행되거나 금세 사라지는 소모임이 많지만, 소모임은 회원들 사이에 오가는 말을 늘리고 친근함을 더한다. 몇몇 오래된 모임에서 독서 외에 다양한 활동을 함께하는 모습을 볼 수 있었는데, 모임의 시간을 길게 늘인 요인 중에 일상의 자잘한 만남도 있지 않을까 싶었다. 모임을 오래 지속하고자 한다면 회원들이 모임 내에서 다양한 활동을 나눌 수 있는 분위기를 만드는 것도 괜찮겠다. 모임에서 시든 공기가 느껴진다면 운영진이 먼저 나서도 좋다. 다음과 같이 익숙한 것들부터!

도서관 산책

어느 지역이든 사람들이 모이기 쉬운 도서관이면 괜찮다. 꼭 유명하거나 크지 않아도 되고, 회원 중 누군가가 잘 아는 도서관도 좋다. 그저 모임 사람들과 함께 도서관에 간다는 사실이 중요하다. 도서관에는 함께할 수 있는 일이 많다. 종합 자료실에서는 읽고 싶은 책, 가장 좋아하는 책, 표지가 멋진 책, 선물하고 싶은 책 등 테마를 정한 후 각자 원하는 책을 찾아와서 이야기를 나눌 수 있다. 정기 간행물실에 간다면 오랫동안 발간되고 있는 정기 간행물을 찾아서 추억을 나누거나, 손이 가는 잡지 몇 권을 펼쳐 보며 구성을 비교해 보기도 하고, 함께 읽은 책이나 선호하는 작가를 다룬 문학잡지 기사를 찾아서 대화를 나눠도 된다.

어린이 자료실에 간다면 각자 재밌게 읽은 동화책, 들어 본 적 있는 유명한 그림책, 도서관 사서에게 추천받은 그림책 등을 찾은 후 돌아가며 읽고 이야기 나눠도 좋다. 매점에서 간식을 나누는 건 필수 코스! 각자 경험했던 도서관 이야기를 할 수도 있다. 책이나 도서관 이야기는 터놓고 대화할 수 있는 매점이나 야외 벤치에서 하면 된다. 도서관을 너무 시시하게 여기는 사람이 많다면 동네 책방이나 북 카페 등 책 공간 투어를 떠나도 좋겠다. 시간 여유가 있다면 만화 도서관, 미술 도서관, 디자인 라이브러리, SF&판타지 도서관, 그림책 도서관 등 전국의 특정 테마 도서관을 찾아보고 하나씩 방문해 보기를 권한다.

책 관련 행사 참여

찬찬히 찾아보면 다양한 책 관련 행사가 여러 지역에서 열리는 걸 알 수 있다. 각 지역의 공공 도서관 사이트만 살펴봐도 저자 초청 강연, 원화 전시, 이달의 북 큐레이션 전시, 원작이 있는 영화 상영 등이 꾸준히 진행된다는 걸 확인할 수 있다. 인터넷 서점에는 여러 출판사가 책 홍보를 위해 준비한 행사 중에 혹하게 만드는 것도 많다. 저자와의 만남, 북 콘서트, 책 관련 굿즈 증정 이벤트, 토론회 등이 마련되는데 작가의 인기가 높을수록 참여 경쟁이 치열하다. 동네 작은 책방에서도 소소한 행사가 열리곤 한다. 저자의 원데이 클래스, 독립 출판물 작가와의 만남, 인디밴드 초청 공연 등으로 알찬 시간을 제공한다.

크고 작은 북 페스티벌도 매년 곳곳에서 정기적으로 열리는데, 저마다 각 시기에 맞춘 다양한 프로그램으로 구성되어 있다. 이런 행사는 활용도가 높은 편이다. 정모를 대체할 수도 있고, 함께 읽을 책을 선정할 때 참고할 수도 있고, 테마 독서를 가능하게도 한다. 그러니 모임 내에서 틈틈이 정보를 공유하고, 관심 있고 시간 되는 회원들이 참여할 수 있도록 하자.

북 트레일러 제작

책을 소개하는 동영상을 북 트레일러라고 한다. 보통 출판사에서 책 홍보를 목적으로 제작하기에 인터넷 서점, 출판사 홈페이지, SNS 채널 등에서 볼 수 있다. 최근에는 중고등학교의 독서동아리에서 독서 프로그램으로 북 트레일러를 제작하는 경우가 많다. 유튜브에서는 책을 읽고 나서 주요 내용을 요약하거나 자신의 감상을 담은 동영상을 쉽게 볼 수 있다. 북 트레일러를 만드는 데는 대단한 기술이나 일정한 형식이 필요하지 않다. 그저 책에 대한 생각이나 느낌을 독자의 개성을 담아 표현한 영상 정도로 여기고 함께 만들어 보면 좋을 듯하다.

책의 주요 내용을 요약하거나 가장 인상적인 부분을 떠올려 보고 효과적으로 시각화할 수 있는 요소를 준비한다. 촬영은 휴대폰이나 디지털카메라로 하고, 다루기 쉬운 영상 편집 앱이나 프로그램을 활용해서 편집한다. 결과물이 어설프더라도 만드는 과정을 함께하면서 책에 대해 다양한 생각을 할 수 있고, 결과물을 같이 보면서 즐거운 시간을 보낼 수 있다.

요즘 책 읽고 기행

회원들에게 기행을 가자고 하면 다양한 경험담이 쏟아진다. 학창 시절 수학여행으로 가 봤거나, 여행지 근처라 잠깐 들렀거나, 작가에게 관심이 있어서 한번 방문했다면서 전국의 유명한 문학관, 작가의 생가, 작품의 배경이 된 곳 등을 이야기한다. 문학 기행 경험이 있는 사람이라면 뻔한 활동이라 고리타분하다고 여길 수도 있다.

식상한 기행을 탈피하기 위해 일단 유명한 작가의 문학관이나 생가, 교과서에 등장하는 작품의 배경을 찾아가는 활동은 지운다. 되도록 최근에 읽고 좋았던 작품의 배경이 된 곳, 르포나 사회과학책에서 언급된 현장, 책으로 만난 작품이나 예술가를 볼 수 있는 미술관과 콘서트장, 책 내용을 이해하는 데 도움이 되는 역사관이나 과학관 등으로 목적지를 정한다. 이미 읽었거나 앞으로 읽을 책을 더 생생하게 접할 만한 곳이 어디인지 다양한 아이디어를 모은 후 떠나자.

문화 예술 누리기

취미가 독서인 사람 중에는 영화, 연극, 미술, 음악, 춤 등에도 관심 있는 사람이 많다. 이렇게 좋아하는 것도 바빠지면 미루게 되고 차츰 멀어진다. 딱히 계기가 없으면 찾아서 하지 않는 문화 생활이 되고 만다. 그런데 영화제에 가고, 요즘 핫한 작품을 전시하는 미술관에 들르고, 뮤직 페스티벌에 참여하는 등의 동기가 독서모임에서 일어난다면 예전에 즐기던 몸과 기분을 깨우거나 없던 관심을 일으킨다.

이런 활동으로 회원들끼리 친해지면 서로를 보기 위해서라도 정모에 적극적으로 참여한다. 물론 독서보다 번외 활동에 더 열심인 사람도 이따금 있지만, 문화 예술 활동을 계절마다 섞으면 모임이 활성화되는 모습을 눈으로 확인할 수 있다. 특정 시기에 열리는 문화 행사를 모임의 한 해 스케줄에 끼워 넣어 보자. 모임에서 나갔던 사람도 그 계절이 되면 함께 갔던 페스티벌을 떠올리며 돌아올 것이다.

사진, 드로잉

독서를 비롯해 전시, 공연, 영화 감상 등 이해 영역이 아닌, 무언가를 꾸미거나 만들어 보는 표현 영역의 활동을 모임에서 진행한다면 회원들에게 색다른 경험을 안길 수 있다. 다양한 운동이나 만들기 등 쉽게 할 수 있는 것도 많다. 독서와 병행해서 할 수 있는 활동으로는 사진 찍기와 드로잉을 권한다. 이런 활동은 모임 분위기가 가라앉았을 때나 책 이야기만 나누기엔 아쉬운 계절에 시도하면 효과가 크다.

출사를 나간다면, 모임 내에 사진 좀 찍어 본 사람이 있을 경우 그의 설명과 함께 기본적인 사진 촬영에 관한 책을 읽으면 되겠다. 회원 대부분이 휴대폰으로만 사진을 찍어 왔다면 일상의 스냅사진을 담은 사진집이나 가족, 여행, 고양이 등 특정 테마의 사진을 담은 작품집을 함께 읽는 게 좋다. 이런 책을 읽고 각자 테마를 정해 사진 촬영을 하자고 하면 사람들이 부담을 덜 느끼고 흥미로워할 것이다. 디지털카메라나 휴대폰을 활용해도 괜찮지만, 좀 특별한 이벤트처럼 보이고 싶다면 일회용 필름 카메라 사용을 추천한다. 회원마다 한 롤씩 찍기로 한 뒤, 다 찍은 필름을 모아서 현상·스캔한 후 화면으로 함께 보면서 이야기 나누기에 좋다. 예산 여유가 있다면 일부 사진을 인화해서 자그맣게 사진 전시를 해도 좋다.

드로잉을 하자고 하면 부담을 느끼는 사람이 많다. 자신은 그림 진짜 못 그려서 부끄럽다는 것. 그냥 미술책 함께 읽고 미술관이나 박물관에 가자고 하는 사람도 있다. 드로잉에 관심 있는 사람이 많진 않아서 드로잉 주제로 모임을 열면 크게 주목받지 못한다. 그런데 놀라운 점은 어떤 식으로든 그리는 상황이 되면 사람들이 투덜대면서도 집중해서 그린다는 것이다. 그리고 자신이 그린 그림과 사람들이 그린 그림을 보면서 즐거워한다. 드로잉 모임을 하기로 했다면 관심 있는 화가나 유명 작품을 다룬 책, 개성 있는 작가의 엉뚱한 여행 드로잉 책, 기본적인 드로잉 방법을 알려주는 책 등을 정해서 읽어 오기로 하면 좋다.

야외에서 모임을 하면 소풍 분위기가 나기도 한다. 그릴 시간을 준 뒤 모여서 각자 그린 그림을 보면서 이야기 나누면 된다. 실제로 사전에 사람들에게 말하지 않고 게릴라식 그리기를 시도해서 효과를 본 적이 있다. 사람들에게 드로잉 모임을 제안할 때 내 초딩 수준의 그림을 보여 줬더니, '이 정도면 내가 더 잘 그리는데' 싶은 표정을 지으며 더 빼지는 않았다. 다들 못 그린다고 앓는 소리를 했는데, 막상 결과물을 보니 은근 실력자가 많았다. 다행히 초딩 그림도 몇몇 눈에 띄어서 외롭지 않았다.

☺

읽기에서 글쓰기 그리고
책 쓰기로

자신만의 콘텐츠를 기획해서 동영상을 찍는 사람이 늘어나고 있듯, 자기 이야기를 책으로 만드는 사람도 점점 많아지고 있다. 주변의 작은 책방이나 책 파는 카페에 가면 출판사를 통하지 않고 크라우드 펀딩, 독립 출판 등으로 만든 책을 쉽게 볼 수 있다. 이런 책을 보고 '나도 한번 만들어 볼까?' 생각하는 사람도 있다. 이들을 위한 책 쓰기, 독립 출판물 만들기 강좌가 동네 책방이나 공공 도서관 등에서 틈틈이 이루어지고 있다. 모임을 만들어 함께 책을 제작하려는 사람들도 있고, 독서모임에서 책 쓰기 활동이 이루어지기도 한다. 작은 모임의 구성원들이 함께 만든 책은 날마다 어딘가에서 제작되고 있다.

나름 책 좋아하는 사람들이 모인 곳이 독서모임이다 보니 일상의 동선에서 이런 흐름을 감지한 사람이 적지 않다. 회원들끼리의 자잘한 책 대화 중에 괜찮아 보이는 독립 출판물 이야기가 지나가기도 한다. 그러다 별 고민 없이 대뜸 "우리도 함께 책을 만들어 보면 어떨까요?" 한쪽에서는 뭔 소리인가 싶은 듯하고, 다른 쪽에서는 은근 기대하는 거 같고. 읽기 즐기는 사람 중엔 글쓰기에 관심 있는 사람이 적지 않다는 걸 확인하고 더 지르기로. 쓸 사람도 적당히 있고 서로가 독자가 되어 주면 되니까 안 할 이유가 없었다. 일단 사람들과 새로운 무언가를 시도해 본다는 것 자체가 의미 있어 보였다. 그리고 각자 쓸 수 있는 만큼만 쓰기로 하고, 어설프더라도 사람들 글을 모아서 결과물을 만들면 되겠다 싶었다. 실제로 모임 안의 몇몇 사람과 책 리뷰와 큐레이션 위주의 책을 만들었다. 만듦새가 흔히 봐 온 책들에 한참 못 미쳤지만, 나름 읽을 만하고 이 정도면 훌륭하다고 자평했다.

책을 쓰는 작업이 처음이라면 막연하고 어렵게 여겨질 수 있다. 그런데 다행히도 요즘에는 책 제작에 대해 알려 주는 자료가 많다. 기획부터 글쓰기, 디자인, 인쇄 맡기는 것까지 일련의 과정을 쉽게 설명해 주는 책, 동영상, 강좌 등이 많으니 다양한 검색을 통해 참고할 만한 자료를 찾아보면 되겠다. 이런 정보만 잘 활용해도 기본적인 책의 형태를 갖춘 결과물을 만들 수 있다.

책 쓰기를 처음 시도한다면 결과물을 완성하는 것만으로 충분하다. 눈높이를 낮춰서 학교 다닐 때 접했던 동아리 문집이나 학급 문집을 떠올려 보자. 흔히 보아 온 문집보다는 더 잘 만들겠다는 생각으로 시작하면 부담이 덜할 것이다. 동네 책방에서 독립 출판물들을 살펴보고 참고해도 좋겠다. 비슷한 동기와 목적을 갖고 작업한 사람들의 결과물은 충분한 자극이 될 것이다. 조금 어설프더라도 사람들이 함께 작업한 책을 받아서 나란히 펼쳐 보면 뿌듯함을 공유할 수 있다. 이런 과정을 거쳐 경험을 쌓고 회원들이 한 번쯤 만들어 보고 싶은 책에 조금씩 가까워지면 된다.

글쓰기 소모임 운영

모임 안에서 함께 책 쓰기 활동을 할 사람들을 모았다면 소모임으로 공식화해서 진행하는 것이 좋다. 책 쓰기에 대한 기본적인 이해부터 각자 쓰고 싶은 글, 함께 쓸 글의 성격, 형식, 분량, 일정 등 논의하고 소통할 일이 많기 때문이다. 다양한 논의를 거쳤는데도 책의 방향이 잘 잡히지 않는다면 모델이 될 만한 책을 찾아보고 그 책과 유사한 형태의 책을 기획해도 좋다. 결과물에 이르기까지 꾸준한 소통과 조율이 필요한데, 이를 위해서 게시판이 있는 온라인 공간을 활용하는 것이 효과적이다. 글이나 자료를 업로드할 수 있는 공간을 마련한 다음, 책 혹은 글쓰기에 대한 생각이나 참고가 될 만한 자료를 공유하도록 하고 각자 쓰기로 한 글도 올리도록 한다.

글의 수준이 어떻든, 편집자 역할을 할 만한 사람이 있든 없든 책이 되려면 글이 어느 정도 있어야 한다. 꾸준히 써 본 적 없는 사람들은 글을 정해진 기간 내에 쓰는 작업을 부담스러워하는 편이다. 그래서 일정한 간격으로 글을 쓰고 올리도록 원고 마감 날짜를 정하는 것이 좋다. 마감일을 정하면 다들 압박을 느끼지만, 뭐라도 쓰려고 하다 보니 글이 만들어지긴 한다.

공동 주제를 정해 함께 쓰기로 했다면 중복되거나 주제를 이탈한 글을 조율하는 역할이 필요하다. 큰 틀에서 전체 글의 일관된 흐름이 중요하기 때문이다. 모임 안에 글 좀 쓰고 잘 보는 사람이 있다면 할 수 있는 만큼만 편집자 역할을 부탁하자. 그런 사람이 딱히 없다면 최소 최대 분량 정도만 분명히 정하고, 각자 개성을 담은 자유로운 글쓰기로 시작하는 게 좋다.

어떤 글을 어떻게 쓰든, 일단 쓰기 시작했다면 뭐든 써지긴 한다는 걸 확인하게 된다. 다른 활동과 마찬가지로 글쓰기에서 제일 중요한 것은 꾸준함이다. 사람들은 글쓰기 근육이 생겨야 쓰기가 수월해진다는 걸 직접 체험하며 깨닫게 된다. 글쓰기가 익숙지 않은 사람이라면 짧게라도 무엇이든 끄적이는 습관을 들이는 게 가장 필요하다.

이럴 때 쓰는 동기를 주는 사람들의 존재만큼 도움이 되는 게 없다. 다들 읽어 오던 책이 있다 보니 그 수준에 비해 자신의 글은 한없이 초라해 보여서 좌절하는 사람도 있다. 아는 사람이 자신의 글을 읽는다는 것에 부담을 느끼는 사람도 있다. 그럼에도 불구하고 다른 활동으로 대체할 수 없는 함께 쓰고 나누는 것의 매력이 분명 있다. 부족한 대로 결과물을 완성하게 된다면 레벨 업! 다음 걸음은 더 쉽다. 감 잡았으니 다음엔 더 완성도 높은 책이다.

독서모임 맞춤 책 쓰기 콘텐츠

책을 매개로 만나고 소통하는 모임이다 보니 쓰는 내용이 책과 관련되어 있으면 사람들이 부담을 덜 느끼고 적극적으로 아이디어를 던지기도 한다. 책이나 독서 관련 쓰기는 독서모임 활동과 연계할 수 있는 부분이 많아서 모임에도 긍정적인 영향을 미친다. 독서모임에서 책을 만들고자 할 때 내용을 탄탄하게 꾸릴 수 있을 만한 요소를 모아 봤다.

에세이

"저는 정말 못 써요. 글 잘 쓰는 사람이 부러워요." 독서모임에서 이렇게 말하는 사람을 많이 만났다. 글쓰기에 관심은 있지만, 자기 글에는 부담을 느끼는 것이다. 모임에 이런 성향의 사람이 많다면 쓰기 문턱을 확 낮춰서 진행하는 게 좋다. 사람들에게 그나마 익숙한 에세이나 일기 형식으로 시작하는 것이다. 이를 책이나 독서와 연결한다면 특정 책에 얽힌 에피소드, 기억나는 독서의 순간, 독서 일기, 필사나 좋은 문장 발췌 등 다양한 글감을 얻을 수 있다. 내용이나 형식을 제한하지 말고 사람들이 책이나 독서를 주제로 자유롭게 쓰도록 독려한다.

솔직히 이런 작업을 시작할 때는 별 기대를 하지 않게 된다. 그런데 사람들이 쓴 글을 하나씩 읽어 보면 생각이 달라진다. 날것의 글에서 사람들의 개성이 보이고, 솔직한 이야기가 마음을 움직이기도 한다. 여러 사람의 글을 모아 놓고 보니 더 그럴듯하다.

모임에서 읽은 책 리뷰

모임에서 함께 읽은 책에 관한 회원들의 리뷰만 차곡차곡 쌓아도 책 한 권 분량은 충분히 뽑을 수 있다. 일정 기간 동안 함께 읽은 책의 리뷰를 모으는 것은 모임의 활동을 정리하는 일이기도 해서 나름대로 의미가 있다. 여기에 모든 회원이 빠짐없이 참여할 수만 있다면 정말 뜻깊은 작업이 될 것이다. 긴 글이 아니더라도 각 책에 관한 회원들의 짧은 코멘트나 평점을 싣는다면 누구나 흥미롭게 읽을 수 있을 것이다. 정모에서 활용했던 발제지나 책 관련 자료 등을 정리해서 함께 담으면 내용이 더욱 알차 보일 것이다.(외부 자료를 활용한다면 저작권에 저촉되는 내용이 있는지 꼼꼼히 체크해야 한다.) 버려지는 활동 없이 모두 재활용되니 기쁨 두 배다.

북 토크

녹취를 활용하는 방법이다. 몇몇 정모에서 나눈 이야기를 통으로 푼 뒤에 정리해서 책으로 만들어도 되고, 정모마다 특히 활발했던 대화의 순간만 나눠서 푼 다음에 묶어도 된다. 정모에서의 이야기는 아쉬웠지만, 꼭 싣고 싶은 책이라면 대화의 부족한 부분을 글로 보충할 수도 있다. 모임 책이 아니더라도 사람들이 흥미를 보일 만한 책이 있다면 함께할 참여자를 정해 대화하면서 녹취해도 된다. 정리된 사람들의 이야기를 책으로 읽으면 정모에서의 시간이 생생하게 다가올 것이다.

북 큐레이션

다독가 혹은 애독가가 빛을 발할 수 있는 콘텐츠가 도서 추천이다. '살면서 꼭 한 번은 읽어야 하는 고전', '여행지에서 읽기 좋은 소설', '어렵지 않은 과학책', '이럴 때 이런 책' 등 특정 주제나 분야를 정해 읽을 만한 책을 추려서 추천하는 것이다. 한 사람당 한 가지씩 주제를 정해 다양한 분야의 책을 소개할 수도 있고, 먼저 하나의 대주제를 정한 뒤 사람마다 소주제를 나눠서 정하고 그 주제에 관한 책을 추천할 수도 있다. 책 소개를 정보 위주로 채울지, 서평으로 할지도 논의해야 한다. 또한 책으로 엮으려면 글이 어느 정도 분량을 충족해야 한다. 책이 많으면 소개글이 짧아도 되지만, 책이 적으면 소개하는 내용이 길어야 한다. 그 외 참고할 만한 책은 목록으로 제시하면 된다. 주제와 관련 있는 영화나 공연, 음악 등을 책과 함께 소개하면 내용이 더 풍성해진다. 이런 활동은 독서모임에 가입한 사람이라면 관심 가질 만하고 잘할 수 있기도 하니까, 되도록 모든 회원이 함께해서 능력을 발휘할 수 있도록 한다.

책 공간 탐방

책이나 독서에 특화된 공간을 소개하는 책을 만들 수도 있다. 공공 도서관, 장르 도서관, 동네 책방, 독립 책방, 헌책방, 북 카페, 북 페스티벌 등 책 혹은 독서가 중심인 곳을 독자에게 전달하는 것이다. 하나의 공간을 전체적으로 소개할 수도 있고, 여러 공간의 주요 포인트만 추려서 소개할 수도 있다.

대상이 정해지면 직접 방문해서 사진을 찍고, 운영자나 이용자의 이야기를 듣고, 잠시 머무르면서 드는 생각도 정리한다. 공간 소개는 사진의 쓰임이 중요하므로 방문 전에 담당자에게 필요한 촬영 내용을 전달하고 허락을 받는다. 사람마다 원하는 공간을 하나씩 소개할 수도 있지만, 여러 사람이 한 공간을 보고 느낀 바를 취합하는 방식도 흥미롭다. 소개할 곳은 '책 읽기 좋은 곳', '특별한 큐레이션이 있는 공간' 등 특정 테마에 맞춰 정하거나, 일정 지역으로 한정해서 진행할 수도 있다.

☺

가만히 지속되는
삶 읽기

    누구나 독서모임을 향한 첫발은 책, 독서, 사람들에 대한 호감에서 비롯될 것이다. 그 바탕엔 더 나은 삶을 향한 은근한 기대 같은 것이 있을 테고. 어디까지나 여유 시간을 쪼개서 하는 활동이기에 바빠지거나 귀찮아지면 바로 놓아 버리고 더 흥미로운 일이 생긴다면 갈아타면 되지 하는 마음도 있었을 것이다. 나 역시 모임 활동을 쉽게 내려놓은 적도 있고 활동을 줄이고 모임에 살짝 걸쳐 있던 적도 있었지만, 몇 년 전부터는 독서모임에 속해 있는 시간이 더 길어졌다. 놀라운 점은 바쁘게 돌아가는 일상에서도 독서모임 활동을 위한 시간을 따로 빼놓은 적이 있고, 마음이 산란한데도 모임을 거르지 않을 때도 있었다는 것이다. "하다 보니 아직도 하고 있네요." 몇몇 독서모임 경력자들의 말마따나 어쩌다 보니 독서모임의 시간을 나날이 갱신하며 모임 활동을 이어 가고 있다.

　나도 궁금해서 물어봤듯이 내게도 독서모임을 길게 하는 이유나 운영자로서 독서모임을 지속할 수 있는 방법 같은 걸 묻는 사람이 있다. 내가 여러 사람에게 들은 말과 주로 해 준 이야기는 크게 다르지 않았다. "사람이 제일 중요한 것 같아요." "특별한 방법 같은 건 딱히 없어 보이네요." 물론 모임에 관심을 갖고 시간과 비용을 들이는 것도 중요하고, 좋은 인연을 만나게 해 주는 운 같은 것도 작용하는 듯하다. 그런데 실은 그저 사람들과 꾸준히 읽고 만나고 골고루 이야기 나누는 시간이 쌓이면 모임이 쉽게 멈추지는 않는 것 같다. 이 말을 뒷받침하는 모임의 몇몇 순간들이 있다.

새로운 일을 찾아서

"아쉽지만 저는 모임을 그만두어야 할 거 같아요."

"네? 무슨 일 있으신가요?"

"일을 그만뒀어요. 새로운 일을 하려고요."

"갑자기 일을요?"

"지난 정모 때 많은 생각을 하게 됐어요. 책을 읽으면서도 그랬는데, 사람들과 이야기 나누고 나니 더 확실해졌어요."

"듣고 보니 그날 하셨던 말씀이 기억나네요. 그 책을 읽으면서 일과 삶에 대해 고민하고 자신을 돌아봤다고 하셨죠. 근데 꼭 모임을 그만두셔야 하나요?"

"네. 하고 싶은 일 준비하려면 당분간 아무것도 할 수 없을 거같아요. 나중에 여유가 생기면 다시 찾아올게요. 그때 꼭 받아 주세요."

"그렇군요. 아쉽지만 잘 준비하시고, 나중에 꼭 뵈어요."

미하엘 엔데의 『모모』를 함께 읽고 진행한 정모 후에 한 회원과 나눈 대화다. 그의 이야기를 듣고 솔직히 놀랐다. 책이, 독서가 삶에 이토록 큰 영향을 미친다고? 곰곰이 생각해 보니 나도 어렸을 때는 그랬던 것 같다. 삶이 크게 변화하던 몇몇 시점에 관문 같은 책이 있었다. 그 회원 외에도 하던 일을 그만두고 새로운 일을 해야 한다며 모임 활동을 멈춘 사람들이 있다. 그 변화에 책이나 모임이 얼마나 영향을 미쳤을지는 모르겠지만, 그동안 읽어 왔던 책이 쌓여 생각의 변화를 일으킨 건 아닌가 싶다. 읽기는 천천히 스미니까.

소설 읽는 남자

"이 책은 어땠어?"

"솔직히 잘 모르겠어요. 그래서 한 번 더 읽었는데도 여전히 모르겠네요. 하하."

"그치. 이 책은 잘 잡히지가 않아. 뚜렷한 사건이 벌어지는 것도 아니고, 인물이 부각되는 것도 아니고, 어떤 메시지를 던지는 것 같지도 않지. 그냥 운문처럼 느낌으로 읽는 책이야."

"제가 이런 책을 읽고 있다니 신기하기도 했어요. 모임에 들어오기 전에는 제대로 읽은 소설이 한 권도 없었거든요. 요즘엔 모임 책이 아닌 소설을 읽기도 한다니까요."

"진짜? 대단하다! 요즘 책을 많이 읽는 거 같던데. 톡방에서 읽은 책 얘기하는 거 보면 예사롭지 않아. 이러다 훌쩍 떠나는 건 아니겠지?"

"에이, 그럴 리가요. 모임을 통해 책을 꾸준히 읽다 보니까 계속 읽게 되더라고요. 잘 모르는 책이나 어려워 보이는 책도 읽다 보면 다 읽을 수 있겠구나 싶어서 일단 펼쳐요. 내용이 이해가 안 돼도 그냥 읽어요."

"그 얘기 들으니 나도 더 읽어야겠다 싶네. 요즘엔 정모 책도 읽기를 미루다가 모임 시간 임박해서야 겨우 다 읽어."

"저는 읽은 책도 많지 않고 아는 것도 별로 없지만, 이 모임이 계속 이어졌으면 좋겠어요. 덕분에 잘 모르는 책도 접하고, 읽어 보고 싶었지만 엄두가 안 나던 책을 읽기도 하니까요. 무엇보다 사람들 이야기를 듣는 게 너무 재밌어요."

"그래. 세상에 읽을 책은 참 많으니까 함께 천천히 읽어 나가자고!"

이공계 전공자 중에는 문학을 낯설어하는 사람이 더러 있다. 인문학도 중에도 문학에 별로 흥미를 느끼지 못하는 사람이 있다. 그가 잘 안 읽던 소설을 읽게 된 것처럼 누군가는 혼자라면 절대 안 읽을 책을 모임과 함께하면서 펼쳐 보기도 한다. 또한 모임을 통해 서로 다른 감상을 나누며 생각지 못한 세상도 존재한다는 걸 실감하기도 한다. 모임은 조금씩 낯선 세상을 보여 주고, 당연해 보이는 것에도 다른 면이 있을 수 있다는 걸 전한다.

모임을 지속하는 이유

"요즘 사람들이 정모에도 잘 안 나오고 단체 톡방에서 대화도 뜸하잖아요. 힘들지 않으세요?"

"예전에는 정말 힘들었어요. 내가 운영을 잘못해서 참여율이 저조한 것 같았죠. 어떻게 해야 사람들이 적극적으로 모임에 참여할까 많이 고민했어요."

"그렇게 피곤하면 모임장 안 하는 게 낫지 않아요?"

"저도 모임 운영이 부담돼서 안 하려 했는데, 맡으려는 사람이 없어서 계속하게 됐어요. 제가 그만두면 모임이 없어질 수도 있으니 해야지 싶었죠. 모임 안 하는 것보다 하는 게 좋으니까요."

"이해가 안 가네요. 저 같으면 당장 그만뒀을 거예요. 더군다나 사람들이 이렇게 소극적이라면 더더욱이요."

"여러 모임에 나가 보기도 하고 한 모임에 오래 머물러 보기도 하니까 모임에도 흐름이나 주기가 있구나 싶더라고요. 침체기가 있듯 호황기도 있어요. 때가 되면 나올 사람은 나오고, 언제 그랬 냐는 듯 회원이 많아지기도 하더라고요. 당장 회원이 적어도 괜찮 아요. 모임은 함께할 사람 한두 명만 있어도 굴러가요. 계속 함께 하고 싶은 사람을 만나기가 어려운 거죠."

이런 모임을 지속하는 게 의미가 있을까 고민하게 만드는 순간 이 틈틈이 온다. 그럴 때마다 단순하게 생각해 본다. 모임 하는 게 안 하는 것보다 조금이라도 나으면 지속하는 걸로. 늘 결론은 이 어 가는 쪽이었다. 따지고 보면 결정의 근거는 아마도 사람인 것 같다. 깊이 있는 독서, 새로운 만남, 다양한 활동 등은 다른 모임 에 가입해도 가능하지만, 함께하고픈 이들은 어느 모임에도 없으 니까.

성장하는 꿈

"대학원에서 리포트를 써야 하는데, 저는 학습 동아리 운영자 를 인터뷰하기로 했어요. 그래서 모임장님에게 몇 가지 묻고 싶은 데 괜찮으실까요?"

"학습 동아리요? 저희 모임은 '학습'이 아닌데요."

"평생 교육에서는 학습 동아리를 일정한 인원의 성인들이 자발 적으로 모임을 결성해서 정해진 주제에 대한 학습과 토론을 통해 공동의 관심사를 함께 생각하고 실천하는 공동체라고 정의하더라고요. 이에 따르면 우리 모임을 비롯해 독서모임 대부분이 학습 동아리인 거예요."

"그렇군요. 저는 더 학습해야겠네요. 질문 주세요."

"네. 감사해요. 우선 학습 동아리를 통해 이루고자 하는 목표가 있는지 궁금해요."

"나이가 들어도 여전히 모르는 게 많고, 삶은 점점 더 어렵게 느껴지더라고요. 책을 읽으면서 모르는 걸 알아 가고, 사람들과 이야기를 나누면서 골고루 생각하다 보면 전보다 더 나아지지 않을까 싶어요. 그렇게 독서모임을 통해 사람들과 함께 계속 성장하고 싶어요."

"그 말은 인간의 배움은 전 생애에 걸쳐 이루어진다는 평생 교육의 취지와도 맥락이 통하네요."

"그런가요? 늘 부족하니까 배우면서 살아야죠. 뭐든 배우는 게 재밌기도 하니까요. 혼자서는 안 하거나 못 하는 걸 모임 사람들과는 시도해 볼 수도 있어서 좋은 거 같아요."

"네. 그래서 독서모임 활동이 참 좋은 거 같아요. 많은 사람이 하면 좋겠어요."

모임에서 다양한 사람들을 만나면서 새로운 것을 접하고 잘 모르는 것을 알아 간다. 이 회원과의 대화로 평생 교육에 대해 공부해 봐야겠다는 생각이 들었다. 독서모임은 책으로든 사람으로든 배움의 동기를 안긴다. 때로는 함께하기만 해도 뭔가 배운 느낌이 들기도 한다. 이 좋은 걸 어떻게든 많은 사람에게 전하고 싶지만, 세상엔 참 좋아 보이는 게 많아서 역부족이다. 그저 독서모임의 매력을 아는 사람들만이라도 놓지 말고 어디에서든 누구하고든 꾸준히 이어 가면 좋겠다.

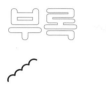

부록

1   여러 독서모임 사람들이
    추천한 책들

2   발제지 예시

3   함께 읽을 만한 그림책

여러 독서모임 사람들이 추천한 책들

문학

#유명 작가의 이름난 작품

『관객모독』, 페터 한트케, 민음사

혼자서는 읽지 못할 괴이하고 실험적인 글을 함께 읽을 때 얻을 수 있는 통찰이 있는 책.

『남아 있는 나날』, 가즈오 이시구로, 민음사

그것은 사랑인가 아닌가? 사랑파와 비사랑파의 팽팽한 설전 실현.

『디어 라이프』, 앨리스 먼로, 문학동네

완성도 높은 단편들을 하나씩 짚어 보면서 인간의 삶에 관한 다양한 이야기를 나눌 수 있다. 저마다 일상을 꺼내게 되면서 대화는 점점 깊어질 것이다.

『예감은 틀리지 않는다』, 줄리언 반스, 다산책방

시간과 기억의 오류 그리고 주인공의 책임에 대해 토론하기 좋음.

『연애 소설 읽는 노인』, 루이스 세풀베다, 열린책들

『노인과 바다』 같은 깊이에 『그리스인 조르바』보다 멋져 보이는 주인공 할아버지 등장.

『그저 좋은 사람』, 줌파 라히리, 마음산책

다양한 가족의 이야기를 통해 누구나 하나쯤 가지고 있는 숙제, 가족과의 관계를 고민해 보게 한다.

#믿고 보는 우리의 작가들

『내게 무해한 사람』, 최은영, 문학동네

단편마다 마주하게 되는 우리네 삶의 모습을 이야기하며 각자의 삶을 풀어놓는 시간. 공감과 위로, 응원이 오가는 따스함은 덤이다.

『百백의 그림자』, 황정은, 창비

어둡고 공허한 듯하지만, 그 속에 언뜻 보이는 얇은 빛줄기 같은 따뜻함은 우리 현실을 닮았다. 그림자의 의미를 알기 위해 토론하기 좋은 책.

『바깥은 여름』, 김애란, 문학동네

소설이라기보다 내 주변 누군가의 이야기 같다. 일곱 가지 단편 하나하나 많은 생각을 나누게 한다. 사람들의 솔직한 이야기를 자연스레 꺼내게 만든 책이다.

『시선으로부터,』, 정세랑, 문학동네

정신적으로 의지하던 사람이 죽고 10년이 흘렀다. 그 사람의 제사상에 올리고 싶은 한 가지와 그 이유는? 각자의 삶에서 가치 있는 것과 중요시하는 가치관을 공유할 수 있다.

『웬만해선 아무렇지 않다』, 이기호, 마음산책

이기호의 소설은 일단 재밌다. 40편의 짧은 이야기가 담겨서 읽기 쉽고, 작품마다 다양한 이야기를 나눌 수 있어서 모임 시간이 풍성해진다.

『백석 평전』, 안도현, 다산책방

함께 읽은 사람들 만족도가 꽤 높았음. 백석 시인의 삶과 사랑 이야기를 따라가는 유쾌한 시간. 사이사이 그의 시를 함께 읽는 건 기분 좋은 보너스.

#매혹적인 장르 문학

『그리고 아무도 없었다』, 애거서 크리스티, 해문출판사

완벽한 전개와 구성, 복선과 트릭까지! 함께 찬양할 모임원 급구.

『악의』, 히가시노 게이고, 현대문학

악의를 품은 인간이 어디까지 악랄해질 수 있는지, 인간의 본성을 함께 탐구해 보기 좋은 추리 소설. 허를 찌르는 반전 잼은 덤.

『벨로시티』, 딘 쿤츠, 비채

장르물인데 범인을 특정하기 어렵다. 범인 찾는 재미가 있다. 선악 구분이 불분명함.

『우리가 빛의 속도로 갈 수 없다면』, 김초엽, 허블

독특한 설정 속 보편적인 감정들. SF에 대한 거부감을 완화하고 풍부한 이야기를 이끌어 냄.

『당신 인생의 이야기』, 테드 창, 엘리

다양한 스타일의 SF를 접할 수 있는 소설집이라서 이야깃거리가 풍성함.
작품마다 과학적 개념을 탄탄하게 녹였는데 철학적인 질문을 던지기도
해서 여럿이 함께 파헤치듯 읽기 좋음.

『마션』, 앤디 위어, 알에이치코리아

화성에서의 생존을 상상하며 유쾌하게 읽었는데, 이를 다른 사람과 이야기
나눌 수 있어서 좋았음. 영화와 비교하면서 대화할 수 있으니 재미가 두 배.

#든든한 에세이

『우아하고 호쾌한 여자 축구』, 김혼비, 민음사

책을 읽다가 던져 버리고 당장 운동장에 뛰쳐나가 공 굴리며 땀 흘리고
싶게 만든다. 이 책의 매력에 혼자만 빠지긴 아까워서 함께 읽고 싶어짐.

『여자 둘이 살고 있습니다』, 김하나·황선우, 위즈덤하우스

새로운 가족 형태에 대해 토론해 보기 좋음.

『행복해지는 가장 간단한 방법』, 헬렌 켈러, 공존

어둠에서 빛을 찾아낸 그녀의 여정을 함께 따라가다 보면 공감하며 전율
을 느끼게 됨.

『너는 다시 태어나려고 기다리고 있어』, 이슬아, 헤엄

대중성이 확보된 작가의 서평집. 책에 대해 다양하게 이야기 나누기 좋

음. 단정한 문장에 읽기 부담 없음.

『명랑한 은둔자』, 캐럴라인 냅, 바다출판사

가끔 동굴 속으로 들어가고 싶은 날 이해해 주고 공감해 주는 친구 같은 책. 고독을 즐겼던 경험을 이야기해 볼 수 있게 함.

『운다고 달라지는 일은 아무것도 없겠지만』, 박준, 난다

시인의 감성에 공감하며 읽고, 깊은 울림에 대해 사람들과 이야기 나눌 수 있어서 좋음. 우리 안의 감성을 말할 수 있는 시간을 줄 것임.

#기타

『섬에 있는 서점』, 개브리얼 제빈, 문학동네

책을 매개로 만난 사람들이 책과 동네 서점, 사랑에 대해 마음껏 이야기 나눌 수 있는 책.

『리틀 포레스트 1, 2』, 이가라시 다이스케, 세미콜론

이 책의 슬로우 초록 '갬성'을 함께 이야기하며 음미하면 그 초록 맛이 두 배가 될 듯.

비문학

#재미있는 공부

『체르노빌 히스토리』, 세르히 플로히, 책과함께

체르노빌 사고를 더 자세히 알고 싶은 사람이라면 함께 읽기를. 요즘 이슈가 되고 있는 탈원전에 대해 토론하기 좋음.

『나의 한국현대사』, 유시민, 돌베개

한국의 어느 시대를 살아온 한 남자의 시선을 따라가다 보면 역사에 대해 많은 생각을 하게 됨. 모임 사람 저마다의 역사에 대한 생각을 나누며 지금 우리의 역사를 생각하게 함.

『장자』, 장자, 현암사

늘 들어만 봤던 책을 모임을 통해 읽을 수 있어서 좋았음. 이해하기 어려운 부분이 많았지만, 사람마다 구절에 대해 생각하는 것도 다르고 좋아하는 구절도 다양해서 재밌었음.

『99%를 위한 경제학』, 김재수, 생각의힘

경제학에 대한 관심은 조금 높여 주고, 편견은 조금 낮춰 주는 책.

『디 앤서』, 뉴욕주민, 푸른숲

갑작스러운 주식 유행이 모임 책에도 영향을 미침. 월 스트리트 트레이더의 삶을 엿보는 재미가 있음. 투자에 대한 저자의 통찰을 나누며 각자 어떻게 주식 투자를 할 것인지 각오도 들어 봄.

『저도 과학은 어렵습니다만』, 이정모, 바틀비

어려운 용어나 복잡한 설명 없이도 과학에 대해 이야기 나눌 수 있는 책이다. 과학적 사고방식을 익숙한 소재로 쉽게 소개하기에 각자의 경험을 녹여서 이야기 나눌 수 있음.

#다른 생명에 대하여

『고기로 태어나서』, 한승태, 시대의창

축산업 현실을 적나라하게 드러낸 탐사 르포. 생명의 존엄과 윤리에 대한 많은 이야깃거리가 담겨 있어서 토론하기에 좋음.

『바그다드 동물원 구하기』, 로렌스 앤서니·그레이엄 스펜스, 뜨인돌

전쟁이 일어나면 동물이 얼마나 약자가 되는지 보여 줌. 주인공이 전쟁통에서 목숨을 걸고 동물을 구해 나가는 과정을 보며 동물에 대한 경험이나 생각, 이야기를 나누기 좋음.

『잘 있어, 생선은 고마웠어』, 남종영, 한겨레출판

돌고래에 대한 이해부터 동물 복지에 관한 많은 것을 담고 있다. 저자의 취재를 따라가면서 낯선 영역을 흥미롭게 접하게 되고, 사람들과 동물 복지에 대해 터놓고 이야기 나눌 수 있음.

『아무도 미워하지 않는 개의 죽음』, 하재영, 창비

다양한 취재와 인터뷰를 통해 유기견 문제를 고발하는 르포. 반려견과 지낸 경험이 있기에 크게 와닿았다. 동물권에 대해 많은 생각을 하게 함.

『사피엔스』, 유발 하라리, 김영사

저마다 알고 있던 인간의 역사를 펼쳐서 논쟁에 빠져들게 함. 지적 탐구 동기 뿜뿜.

『노화의 종말』, 데이비드 A. 싱클레어·매슈 D. 러플랜트, 부키

누구나 궁금해하는 주제, 더 이상 늙지 않는 세상에 대한 단초를 엿볼 수 있는 책.

『도파민형 인간』, 대니얼 Z. 리버먼·마이클 E. 롱, 쌤앤파커스

예측 불가능성에 대한 인간 욕구를 이해하고, 나와 타인에 대한 이해 기준을 하나 더 세워 줌.

『화성의 인류학자』, 올리버 색스, 바다출판사

기묘한 환자들 이야기가 담겨서 모두가 완독함. 신경증에 대해 유쾌하게 이야기 나눌 수 있음. 각자 경험한 독특한 사람에 관한 이야기보따리도 풀 수 있음.

『당신의 특별한 우울』, 린다 개스크, 윌북

일로서의 상담과 삶을 위한 상담이 따로 또 같이 어우러져 공감하며 읽은 책. 서로의 우울에 대해 이야기 나누면서 위로를 건넬 수 있음.

『불안』, 알랭 드 보통, 은행나무

불안에 대한 저자 특유의 통찰을 통해 인간 본성을 엿볼 수 있는 책. 불안의 경험과 그것을 대하는 사람들의 다양한 생각을 들을 수 있어서 좋았음. 나름의 해법에도 개성이 담겨 있음.

『선량한 차별주의자』, 김지혜, 창비

나와 우리를 반성하게 하는 책. 상대를 어떻게 대해야 하는지 함께 고민
하게 함.

『나는 가해자의 엄마입니다』, 수 클리볼드, 반비

범죄의 원인, 과정 그리고 편견 등 사회 문제를 다루는 태도에 관해 이야
기할 수 있음.

『실격당한 자들을 위한 변론』, 김원영, 사계절

소수자로서 끊임없이 자신의 존재를 변론하며 살았을 작가의 고뇌가 지금
우리를 되돌아보게 함. 도발적인 주장이 많아서 토론할 거리가 풍부함.

『알지 못하는 아이의 죽음』, 은유, 돌베개

현장 실습생 청소년의 이야기를 통해 청소년 노동의 현실을 알게 하고,
주변을 돌아보게 함. 어려운 노동의 경험을 공유하며 사회 현실에 대해
토론하기 좋음.

『이상한 정상가족』, 김희경, 동아시아

가족에 대해 당연하게 여기고 있던 것들, 특히 가족 내 아동을 다뤘는데
잘 모르고 있던 것들을 전달함. 불편하게 만드는 것들을 함께 고민하며
인식 전환을 할 수 있음.

『외로움의 철학』, 라르스 스벤젠, 청미

외로움을 다양한 각도로 생각해 볼 수 있는 책. 이 책을 읽으며 외로움에 대한 저마다의 생각과 경험을 나눌 수 있음.

『지식채널 × 1인용 인생 계획』, 지식채널e 제작팀, EBS BOOKS

내용은 특별히 새로울 게 없음. 하지만 혼자인 사람들의 이유와 살아가는 법을 공유할 수 있는 토론거리는 풍부한 책. Tip Box가 주는 소소하고 유용한 정보들은 덤.

『철학이 필요한 시간』, 강신주, 사계절

철학책은 멀리하는 편이었는데, 모임 덕분에 완독할 수 있었음. 각자 공감 가는 철학자 얘기를 하다 보니 자연스럽게 개인적인 대화도 하게 되고 구성원들과 더 친해질 수 있음.

『어디서 살 것인가』, 유현준, 을유문화사

공간이 우리에게 갖는 중요성을 생각해 보게 함. 사람들이 지금 어디서 살고 있고 앞으로 어디서 살고 싶은지 듣는 재미가 있음.

『당신이 옳다』, 정혜신, 해냄

지친 마음을 함께 들여다보며 공감하고 위로받을 수 있는 책. 잘 모르던 사람들의 마음을 확인하는 계기가 되어서 좋았음.

발제지 예시

발제문, 어떻게 만들고 활용할까

발제지는 독서모임 대화의 흐름을 조절하는 대본이 되기도 하고, 부족한 이해를 보완하는 자료가 되기도 하고, 행사의 식순을 살피듯 가볍게 훑어볼 수 있는 안내문이 되기도 한다. 물론 발제지 없이 정모를 진행하는 모임도 있다. 발제지는 모임을 효율적으로 이끄는 도구일 뿐이므로, 모임의 필요와 쓰임에 따라 발제지를 적절히 구성해서 활용하면 되겠다.

발제지를 구성할 때 포함할 수 있는 요소로는 질문, 핵심 내용 정리, 전체 내용 요약, 참고 자료, 책 관련 이미지 등이 있다. 이 중 질문은 발제지의 가장 중요한 요소로서 어느 발제지든 붙박이처럼 등장한다. 이야기 나눌 책의 성격, 발제자의 성향, 참여자의 수준 등에 따라 내용을 구성하면 된다.

질문으로만 이루어진 발제지(①)는 책 대화의 기본이 되는 재료만 담기에 준비 부담이 덜해서 가장 빈번하게 활용된다. 발제자 없이 모든 회원의 질문을 모아서 만들 수도 있고, 모임 전에 온라인으로 공유하기도 쉽다. 이런 발제지는 모든 영역의 책에서 고르게 쓰이는데, 특히 문학으로 정모를 할 경우 많이 활용된다. 문학은 다른 영역에 비해 내용 파악이 어렵지 않은 편이라서 발제지에 내용 요약·정리를 담지 않아도 된다.

토론할 거리가 많은 책인 경우, 토론만으로 모임 시간을 꽉꽉 채울 수 있기에 토론 주제만 담은 발제지(②)를 활용하기도 한다. 되도록 사람들의 의견이 엇갈릴 만한 내용을 뽑아내되, 논제의 적절성을 드러내기 위해 책의 구체적인 내용을 일부라도 담도록 한다.

책에서 중요하다고 여겨지는 부분을 찍고 그에 대해 질문을 던지는(③) 발제자가 있다. 그는 책을 전체적으로 훑되, 각 부분의 핵심 내용만 짚으면서 사이사이 질문을 던진다. 이런 발제지는 저자의 생각과 지식이 구분되지 않은 채 뒤섞여 있는 교양서나 산문으로 정모를 할 때 많이 쓰인다.

인문 사회 과학 도서나 분야별 고전 중에는 두껍거나, 내용이 복잡하거나, 배경지식이 필요한 책이 있다. 이런 책으로 정모를 할 경우 발제지는 책의 전체적인 내용을 파악하는 데 도움을 주거나(④) 핵심 내용을 이해하는 데 참고가 되는 내용을 정리하는 것(⑤)에 비중을 두곤 한다.

요즘 많은 독서모임에서 읽는 그림책을 다룬 내용(⑥)도 있으니 참고하기를.

질문들을 활용하는 『숨』(테드 창, 엘리)

- 이 작품에서 드러나는 장르 문학의 특징은 무엇이라고 생각하세요?

- 작품 속에서 가장 인상적이었던 설정은 무엇인가요?

- 하산처럼 20년 후의 자신을 만난다면 무엇을 하실 건가요?

- "과거와 미래는 같은 것이다. 우리는 그 어느 쪽도 바꿀 수 없고, 단지 더 잘 알 수 있을 뿐이다."(p. 56) 이 문장을 어떻게 생각하나요?

- 과거를 바꿀 수 있다면 무엇을 바꾸고 싶나요?

- 작가는 낯선 현실을 상상으로 직조해 냈는데요. 특정 대상이나 행위의 형상화가 잘 이루어졌다고 보나요?(가령 『숨』에서 본인의 뇌를 해부하는 장면)

- 사고할 수 있는 능력을 연장하기 위해 침묵 vs. 종말이 닥칠 때까지 계속 말하기(p. 83) 중 여러분이라면 어떤 선택을 할 건가요?

- 디지언트와 같은 인공 지능 로봇의 존재에 개인, 사회는 어떻게 대응할 거라고 예상하나요?

- 우리보다 앞선 세대가 기계나 로봇에 대해 우리 세대가 갖는 존재 인식과 차이를 보일까요?

- 디지언트를 활용한 성적 비인간 파트너를 어떻게 생각하나요?

- 자본의 기술 독점, 상류층을 위한 개발과 활용으로 계층 간 격차가 앞으

로 점점 커질 텐데요. 대안이 있을까요?

- 자동 보모와 같은 '자동'은 우리 삶의 어떤 부분까지 영향을 미칠 수 있을까요?

- 기억을 보조하는 기술에는 무엇이 있고, 그것들은 효용이 있을까요?

- 팩트 체크 유행, 우리는 어떤 것을 기록해야 할까요? 의도와 해석의 문제에 대해 이야기 나누고 싶어요.

② 찬반 토론형

토론으로 톺아보는 『그리스인 조르바』(니코스 카잔차키스, 열린책들)

#1 명성대로 vs. 거품

"카잔차키스야말로 나보다 백 번은 더 노벨 문학상을 받았어야 했다. 그의 죽음으로 우리는 가장 위대한 예술가를 잃었다." -알베르 카뮈

"현재적이고 실물적이고 집중적인 삶을 살다 간 멋진 인간. 나에게 롤 모델이 있다면 조르바일 것이다." -박웅현

"『그리스인 조르바』는 럼주의 향을 풍긴다." -이현우(서평가)

- 이 책을 '인생 책'이라고 하거나 죽기 전에 꼭 읽어 봐야 할 명작이라고 말하는 사람들의 의견에 동의하는가? 혹은 반대 의견인가? 책에 대해 별점을 매겨 보며 읽고 나서 느낀 소감을 가볍게 이야기해 봅시다.

#2 마초의 표현 vs. 사실적 묘사

이 책에 대한 평을 엇갈리게 만드는 조르바의 여성에 대한 말들

"여자는 인간이 아니에요! (중략) 여자는 힘이 없는 피조물이오."(p. 131)

"여자란 늘 자기 운명을 슬퍼하는 동물이랍니다."(p. 182)

"나는 자유를 원하는 자만이 인간이라고 생각합니다. 여자는 자유를 원하지 않아요. 그런데 여자도 인간일까요?"(p. 222)

"여자도 우리 같은 사람입니다. 품질이 좀 떨어질 뿐이지요. 여자란 지갑을 보면 돌아 버립니다."(p. 258)

– 조르바의 마초적인 말들이 너무 거슬러서 제대로 읽기가 어렵다? 인물의 자유로운 모습 일부를 사실적으로 묘사한 것일 뿐이다?

#3 자유 vs. 방종

"'분명히 해 둡시다. 나한테 윽박지르면 그때는 끝장이에요. 결국 당신은 내가 인간이라는 걸 인정해야 한다 이겁니다.' '인간이라니, 무슨 뜻이지요?' '자유라는 거지!'"(p. 24)

"'아니요, 당신은 자유롭지 않아요. (중략) 두목, 당신은 긴 줄 끝에 있어요. 당신은 오고 가고, 그리고 그걸 자유라고 생각하겠지요. 그러나 당신은 그 줄을 잘라 버리지 못해요. 그런 줄은 자르지 않으면……' '언젠가는 자를 거요.' '두목, 어려워요, 아주 어렵습니다. 그러려면 바보가 되어야 합니다. 바보, 아시겠어요?'"(p. 429)

"두목, 러시아에 가면 뭐든 푸짐해요. (중략) 그리스와는 형편이 다르지요. 여기서야 수박 껍질을 핥아 보기도 전에 법정으로 끌려가고, 여자 몸에 손도 대기 전에 오빤가 뭔가가 달려 나와 칼로 소시지를 만들지 않는 게 이상하죠. 지겨워! 이 거지 같은 것들은 무더기로 지옥에다 처박아 버리든지 해야지, 원!"(p. 125)

– 조르바는 원하는 대로 살아가는 자유로운 영혼의 소유자인가? 자신의 욕구에 따라 제멋대로 살아가는 방종으로 타인에게 불편을 줄 수도 있는 사람인가? 조르바를 비롯해 작가가 생각하는 자유는 무엇일까요? 당신이 생각하는 진정한 자유란 무엇인가요?

③ 주요 내용 찍기형
키워드를 중심으로 대화하는 『여행의 기술』(알랭 드 보통, 청미래)

▶▶ 출발
기대에 대하여
✓ 여행에 대한 기대와 현실 사이의 관계
  – 데제생트 "의자에 앉아서도 아주 멋진 여행을 할 수 있는데 구태여 직접 다닐 필요가 뭐가 있는가?"(p. 20)
  – "상상력은 실제 경험이라는 천박한 현실보다 훨씬 더 나은 대체물을 제공할 수 있다."(p. 41)

✓ "우리가 어떤 장소에 가장 온전하게 있을 수 있는 것은 우리가 반드시 그 곳에 가 있어야만 한다는 추가의 부담에 직면하지 않을 때일지도 모른다는 생각이 든다."(p. 36)

✓ 여행을 시작하기 전 가장 기대되는 순간은?

여행을 위한 장소들에 대하여

✓ "외로웠다. 그러나 부드러운, 심지어 유쾌하다고 할 만한 외로움이었다."(p. 67) 이런 경험 있는 분?

✓ 에드워드 호퍼의 그림에 관해서 의견 나누기

▶▶ **동기**

이국적인 것에 대하여

✓ 여행지를 선택하는 기준은?

✓ "우리가 외국에서 이국적이라고 생각하는 것은 우리가 고향에서 갈망했으나 얻지 못한 것일 수도 있는 것이다."(p. 102) 어떻게 생각하시나요?

✓ 가 본 곳 중에 가장 이국적이었던 곳은?

호기심에 대하여

✓ "사실을 찾아 나선 여행자는 구경을 하려는 목적을 가진 여행자에 비해서 여러 가지로 유리한 조건에 있기 때문이었다."(p. 143)

"사실은 쓸모가 있다. (중략) 쓸모에는 청중이 따른다."(p. 143~144)

과시(SNS 업로드 등)를 위한 여행 풍조와 TV 프로그램들의 여행 포르노 유행 현상에 대한 생각은?

∨ "안내책자가 어떤 유적지를 찬양한다는 것은 그곳을 찾는 사람들에게 자신의 권위 있는 평가에 부응할 만한 태도를 보이라고 압력을 넣는 것과 마찬가지였다."(p. 149) 여행 유튜버, SNS 여행 사진 등 차고 넘치는 여행 정보 틈에서 진정한 낯선 여행은 가능한가?

∨ "여행의 위험은 우리가 적절하지 않은 시기에, 즉 제대로 준비가 되지 않은 상태에서 사물을 볼 수도 있다는 것이다."(p. 161) 아는 만큼 보인다! 어때요?

▶▶ 풍경

시골과 도시에 대하여

∨ 시골 여행 vs. 도시 여행, 당신의 선택은?

∨ "풍경의 힘, 인간의 힘보다 크고 인간에게 위협이 될 만한 힘을 보여 줄 때만 숭고하다는 감정을 불러일으킬 수 있다. 숭고한 장소들은 인간 의지에 대한 도전을 보여 준다."(p. 213) 당신이 생각하는 숭고한 장소는?

④ 내용 요약형

내용을 정리하며 대화하는 『세상물정의 사회학』(노명우, 사계절)

▶▶ **1부 세속이라는 리얼리티**(예시)

상식 – 상식의 배반, 양식의 딜레마

1. 키워드: 상식, 양식, 지식인, 어투, 대중

2. 내용 요약

• 상식: 양적 다수에 근거한 보편성

"상식을 잘 이용하는 사람은 다수의 지지를 확보하기 쉽다."(p. 27)

"지배적인 상식은 우리가 일상생활에서 자주 사용하는 관용적 표현과 행동 속에 숨어 있다."(p. 28)

• 양식良識: 상식이 바람직함을 갖춘 경우

"상식은 양식보다 힘이 세다. 권력자들은 상식에 대한 대중들의 믿음을 이용해 정치를 하기에 상식적인 말을 늘 언급하지만, 상식에만 머물 뿐 상식으로부터 양식으로 나아가지 않는다."(p. 28)

• 상식에 없는 올바름을 갖춘 양식이 상식에 지는 이유? 어투의 차이!

상식: 상냥하고 어루만져 주는 어투 사용 / 양식: 공식적이고 엄격하고 훈계하는 말투 사용

"학자가 양식에 근거해 대중의 상식을 교정하려 할수록, 사람들은 모범적인 인간이 아니라 상식적인 인간이 등장하는 텔레비전 드라마의 영향력 속으로 빨려 든다."(p. 29)

• 양식이 상식이 되려면? 지식인이 대중에게 잘난 척의 흔적을 지운 친근

한 말투로 상식의 잘못을 지적하고 양식을 일깨워 주어야 한다. 대중과의 연관성을 잃지 않는 지식인의 자세가 요구된다. → 『감옥에서 보낸 편지』(안토니오 그람시), 『감옥으로부터의 사색』(신영복)

3. 발제문

∨ 상식이라고 여기고 있던 것에 회의를 느낀 적이 있는지?

∨ 진보주의 vs. 상업주의 혹은 보수주의, 지식인 vs. 대중 등 저자가 그은 선이 너무 빡빡한 건 아닌지?

∨ 지금 우리 곁에 저자가 언급한 지식인의 역할을 하고 있는 사람이 있을까?

명품 – 럭셔리라는 마법의 수수께끼

1. 키워드: 소비, 과시적 소비, 명품, 럭셔리, 소비주의, 셀러브리티

2. 내용 요약

• 명품은 자본주의가 승자에게 선물하는 훈장

"부자는 부러움을 전리품으로 챙기며 자본주의 전쟁에서 승리한 현대의 위인으로 등극한다. 그래서 부자들이 사용하는 럭셔리 브랜드 상품은 '명품'이라 읽힌다."(p. 38)

• 유권자가 소비자가 되는 사회: 셀러브리티, 아웃렛, 면세점 등 상류층의 과시적 소비를 따라잡을 수 있는 방법에 대해 궁리하게 만드는 것들에 잠식된 사람들

"소비주의는 개인의 무거운 선택을 가벼운 선택으로, 정치 투표장에서의 고민을 백화점에서의 고민으로, 정치적 권리인 자유를 경쟁하는 브랜드 중 무엇을 고를 것인가의 자유로 바꾸어 놓는다."(p. 41)

3. 발제문

✓ 명품을 사 본 경험, 그 소비를 이끈 것?

✓ 소비 지향적 삶과 민주적으로 깨어 있음은 양립할 수 없는 걸까?

열광 – 열광이라는 열병

1. 키워드: 군중, 공중, 집단행동, 여론, 광장

2. 내용 요약

- 군중이란 개인을 동질적인 떼로 변형시키는 메커니즘이다. 군중은 정서를 공유하고, 행동을 통일한다.

  "군중은 재산 수준과 상관없고, 학벌과도 관계없다. 개성을 용해시키고 지적인 능력을 저하시키는 군중 현상은 교양의 수준과 상관없이 나타난다."(p. 64)

  "군중을 기획하는 사람들은 알리바이로 군중을 내세운다. 그들에게 군중은 비난의 화살이 자신들에게 돌아오는 것을 막아 주고 있는 총알받이에 가깝다."(p. 67)

- 공중公衆: 군중公衆이 서로 시사적인 이슈에 대한 공동의 관심으로 연결되고 그로 인해 여론이 형성된 상태

  "공중은 물리적인 광장에 모이지 않는다. 공중은 서로 흩어져 있다. 물리적인 근접성이 없음에도 불구하고, 공중은 오합지졸인 군중보다 정신적 밀도가 더 짙다."(p. 69)

- 공중은 부당함을 폭로하는 세력 / 군중은 악행을 숨길 수 있는 좋은 희생양

3. 발제문

✓ 군중 심리의 폭력을 경험한 사례?

✓ 공중에 이르게 하는 효과적인 방법이 있다면?

⑤ 참고 자료 제시형

자료들과 함께 읽는 『페널티킥 앞에 선 골키퍼의 불안』(페터 한트케, 민음사)

줄거리

이전에 유명한 골키퍼였던 요제프 블로흐는 건축 공사장에서 조립공으로 일하던 중 조금 늦게 출근한 자신을 흘긋 쳐다보는 현장 감독의 눈빛을 해고 통지로 지레짐작하고 작업장을 떠난다. 그는 '눈에 보이는 모든 것이 자신을 불안하게' 만드는 것을 느끼며 극장, 카페, 호텔 등을 무의미하게 전전한다. 그러던 중 얼굴을 익힌 극장의 매표원 아가씨를 쫓아가 함께 하룻밤을 보낸다. 다음 날 아침 블로흐는 여자와의 대화에서 불쾌함을 느끼다가 "오늘 일하러 가지 않으세요?"라고 묻는 그녀를 목 졸라 살해한다. 경찰이 수사망을 좁혀 오자 국경 마을로 달아난 블로흐는 보고 듣는 모든 것이 자기를 향한 어떤 상징이나 신호일 것이라는 강박에 시달린다.(네이버 지식백과, 세계 문학 전집)

저자

제2차 세계 대전이 한창이던 1942년 오스트리아 그리펜의 소시민 가정에서 태어났다. 유년 시절 대부분을 문화적으로 척박한 벽촌에서 보내며 일찍부터 전쟁과 궁핍을 경험했다. 스물아홉 살이 되던 해 어머니가 건강 악화와 불행한 결혼 생활을 비관하여 자살했다. 그라츠 대학에서 법학을 공부하다 1966년 첫 소설 『말벌들』이 출간되자 학업을 중단했다. 그해 전후 독일 문학계를 주도하던 '47그룹' 모임에서 파격적인 문학관으로 거침없는 독설을 내뱉으며 문단의 주목을 받았다. 전통극 형식에 대항하는 첫 희곡 『관객모독』을 발표하여 연극계에 격렬한 논쟁을 불러일으켰다. 고정 관념에 도전하며 매번 새로운 형식을 고안해 내는 그의 독창성은 작품이 발표될 때마다 숱한 화제를 뿌렸다.(네이버 지식백과, 해외 저자 사전)

질문들

– 이 작품은 사건들이 딱히 부각되지 않고, 상황들은 무심하게 지나치고, 인물 행위의 인과가 느슨하기도 해요. 읽기가 수월하진 않은데 다들 어떻게 읽으셨나요?

– 저는 이해하기 어려웠던 부분이 꽤 있었는데 여러분은 없었나요? 함께 짚어 보자고요.

– 불확실한 감각에 대한 표현, 맥락 없는 대화, 무의미한 단어나 알 수 없는 기호의 나열이 잦은 편인데요, 이런 부분을 통해 작가 특유의 실험적인 성향을 볼 수 있습니다. 이러한 구성의 의도가 무엇일까요?

– 작가는 기존 언어가 아닌 새로운 표현을 자의적으로 쓰고 있는데요, 작가가 생각하는 언어의 기능과 소통은 무엇일까요?

– 이 작품을 작가의 자서전적인 문학이라고 보기도 하는데요, 인물의 불우

한 환경이나 공격적인 성향이 저자를 반영하기도 하는 듯해요. 작가는 세상을 어떻게 바라보고 있다고 생각하나요?

– 살인 사건이 벌어지고 도망가고 쫓기는 상황이 범죄 소설과 닮아 있기는 하지만, 범죄 소설의 장르적 관습을 따르진 않는 거 같아요. 이렇게 구성한 이유가 있을까요?

– 작가가 『관객모독』과 같은 실험적인 작품을 쓰다가 이 책부터 전통적인 서사를 쓰게 되었다고 하는데요, 그 이유가 뭘까요?

– 1970년에 출간된 책이지만, 현대인들이 느끼는 불안과 강박 그리고 고립된 감정을 다루는 건 지금이랑 큰 차이가 없는 것 같아요. 이와 유사한 느낌의 작품들도 떠오르긴 하던데, 생각나는 소설이나 영화가 있으면 이야기를 나눠 보자고요.

– 이 소설은 빔 벤더스 감독에 의해 영화로 제작되기도 했어요. 만약 당신이 영화감독이라면 어떻게 연출하실 건가요?

자료들

나는 외부 세계에서 순수하게 관찰된 어떤 것을 문학으로 가져오는 것은 관심이 없고, 내 자신의 역사와 얽힌 이야기들을 어떻게 문학의 세계로 가져오는가 하는 것에 관심이 있습니다. 그렇지 않으면 그것은 (알맹이 없는 선전의) 플래카드가 될 것입니다.(이상욱, 「페터 한트케 문학에 나타난 인지 문제 고찰: 『진실된 느낌의 순간』과 『페널티 킥 상의 골키퍼의 불안』을 중심으로」, 독일어문학, 한국독일어문학회, 2009)

한트케는 문학에서 독자들로 하여금 관계 시스템을 파괴하고 세계를 새롭게 인지하도록 하기 위해 판박이식의 사고 형성을 거부함으로써 새로운 인식을 추구하려는 끝없는 시도를 하고 있음을 알 수 있다. 그는 무엇보다도 개념을 해체하지 않고서는 '시적인 사고의 미래적 막강한 힘 zukunftsmächtige Kraft des poetischen Denkens'을 획득할 수 없다고 생각했기 때문이다.(이상욱, 「페터 한트케 문학에 나타난 인지문제 고찰:『진실된 느낌의 순간』과 『페널티 킥 상의 골키퍼의 불안』을 중심으로」, 독일어문학, 한국독일어문학회, 2009)

자신의 강한 자의식 때문에 외부 세계로부터 항상 특이한 존재 내지는 별종으로 취급되어졌던 한트케에게 공적인 학교 교육과 어릴 때의 가정에서의 경험은 새로운 가능성이나 삶의 희망을 주지 못했다. 그래서 그는 현실보다는 자신의 문학 속에서 항상 새로운 가능성을 추구했으며, 이 문학을 통해 현실 속에서 박해받는 자신의 자아를 재발견하고 지키고자 노력하였다. 이러한 의미에서 한트케에게 있어 문학이란 자신을 둘러싸고 있는 외부 세계의 절망적인 상황에 대항해 그가 자신의 동질성을 지키고, 발전시킬 수 있었던 유일한 도피처였던 것이다.(전영록, 「한트케 문학의 근본테마로서 자아찾기와 자아발전」, 독일어문학, 한국독일어문학회, 2000)

※ 출력해 정모에서 공유한 자료: 전영록, 「『페널티킥 시에 골키퍼의 불안』에 나타난 '불안' 연구」, 독일어문학, 한국독일어문학회, 2000.

⑥ 그림책

색다른 그림책 함께 읽기

『장수탕 선녀님』, 백희나, 책읽는곰

『안녕』, 안녕달, 창비

『100 인생 그림책』, 하이케 팔러 지음, 발레리오 비달리 그림, 사계절

(*책을 각자 읽어 오는 게 아니라 모여서 함께 읽기로 했음)

읽기 전에

1. 표지 그림을 보니 어떤 느낌이 드나요?

2. 제목과 표지, 그림체 등을 봤을 때 어떤 내용일 거 같나요?

3. 그림책의 특징이 무엇이라고 생각하나요?

읽고 나서

1. 세 권의 책은 각각 점토 인형을 만들어 활용하거나, 만화책처럼 프레임을 잘게 나누거나, 여러 가지 개별 이미지를 나열하면서 다른 표현 방식을 보입니다. 이전에 봤거나 알고 있는 그림책과 무엇이 다른가요?

2. 이 책들은 '그림책'으로 분류가 되는데 어떤 면에서 그림책이라고 할 수 있을까요?

3. '그림책'을 어린이들을 위한 책으로 여기는 시선이 있습니다. 물론 유아나 초등학생을 타깃으로 제작한 그림책이 있기는 합니다. 하지만 다양한 표현 방식과 깊이 있는 내용의 그림책도 꾸준히 출간되고 있습니다. 각

그림책의 독자는 어느 연령층이 적합할까요?

4. 책을 읽고 나서 느낀 점, 궁금한 점에 대해 가볍게 이야기 나눠 볼까요?

5. 『장수탕 선녀님』은 점토 인형을 활용해서 비주얼이 남다르죠. 이런 표현 방식이 효과적이었다고 생각하시나요? 다른 그림책처럼 그림이나 사진 등으로 표현했다면 어땠을까요?

6. 『안녕』에는 등장하는 캐릭터의 대사가 거의 없습니다. 상황에 대한 설명 없이 그림으로만 이야기가 전개되고, 컷 구성도 시간의 흐름도 제각각이 잖아요. 이러한 서사에 대해서는 어떻게 생각하나요? 엉뚱하고 기발한 설정이 많은데 가장 참신하게 다가온 부분이 있을까요?

7. 『100 인생 그림책』은 0세부터 100세까지 인생의 다양한 순간을 이미 지로 표현했잖아요. 공감 가는 부분이 꽤 있더라고요. 각자 인상 깊게 본 장면에 대해 이야기해 보자고요. 여러분 나이를 표현한 장면도 있잖아 요. 그 부분도 이야기해 보면 재밌을 거 같아요.

8. 다양한 스타일의 그림책을 함께 읽고 이야기 나누어 보니 어떤가요? 그 림책에 대한 생각이 좀 바뀌었나요? 위 책 중에 아는 누군가에게 추천하 고 싶은 책이 있다면요?

함께 읽을 만한 그림책

삶의 이야기를 나누기 좋은 그림책(신현주 추천)

"첫 모임의 어색함을 달래 주고, 어린 시절의 기억을 나누게 하며, 각자 고른 인생의 질문을 공유할 수 있는 몇몇 그림책을 골랐어요. 그림책을 보고 나서 함께 읽고 나누고 싶은 사람이 떠오른다면 더욱 좋겠습니다."

『나는요,』, 김희경, 여유당

아무리 자주 해도 익숙해지지 않는 일 가운데 하나가 첫 모임의 자기소개다. 이 책을 읽고 자신을 동물에 비유해서 소개하면 어떨까?

『끼리 꾸루』, 사카타 히로오·초 신타, 비룡소

외로운 공룡에게 새로운 친구가 생기는 과정을 보면서 친구를 처음 만났던 순간의 느낌과 경험을 공유할 수 있다.

『쫌 이상한 사람들』, 미겔 탕코, 문학동네

책 속에 등장하는 쫌 이상한 사람들이 내 주위에도 있는지, 그들이 있어서 세상은 어떠한지 이야기 나누기 좋다.

『우리는 당신에 대해 조금 알고 있습니다』, 권정민, 문학동네

나에 대해 조금 알고 있는 이가 사람이 아닌 식물이라면 어떨까? 식물을 키워 본 경험이 있다면 고개를 끄덕이며 공감할 만한 이야기가 담겼다.

『고민 해결사 펭귄 선생님』, 강경수, 시공주니어

누구의 고민이든 속 시원하게 해결해 준다는 펭귄 선생님에게는 어마어마한 비밀이 있다. 함께 읽으며 반전과 유머를 느끼길.

『첫 번째 질문』, 오사다 히로시·이세 히데코, 천개의바람

삶의 크기는 한 사람이 가지고 있는 질문의 크기에 비례한다고 한다. 책장을 덮고 나서 마음에 남는 질문을 고르고, 다른 이들과 나누면 자신과 더욱 가까워진 느낌이 들 것이다.

『토요일의 기차』, 제르마노 쥘로·알베르틴, 문학동네

주인공과 여행하는 기분이 든다. 다 읽고 나면 "크면 다 알게 돼."라는 어른의 말을 믿고 어린 시절 해 보지 못한 일들이 마음속에서 피어오른다.

『후와후와 씨와 뜨개 모자』, 히카쓰 도모미, 길벗스쿨

뜨개질을 못하는 사람이라도 서로를 배려하고 기다리는 후와후와 씨의 뜨개 모임이라면 당장 들어가고 싶을 것이다. 따스한 모임을 만드는 비법을 이 그림책에서 찾아보면 어떨까?

『리본』, 아드리앵 파를랑주, 보림

책 밖으로 나온 노란 끈 하나가 그림책에서 얼마나 중요한 역할을 하는지 감탄하며 볼 수 있는 책이다. 아직 녹슬지 않은 어른들의 상상력을 발휘해 볼 만하다.

『소년과 두더지와 여우와 말』, 찰리 맥커시, 상상의힘

어느 장면을 펼쳐도 밑줄 긋고 싶은 문장이 가득하다. 여백이 느껴지는 그림과 글이 참 잘 어울린다. 누군가에게 선물해 주고 싶은 그림책이다.

『잃어버린 영혼』, 올가 토카르축·요안나 콘세이요, 사계절

내가 어디로 가고 있는지 모를 때 읽으려고 상비약처럼 두는 그림책이다. 첫 장을 넘기는 것만으로도 일단 숨을 고르고, 잠시 멈추게 될 것이다.

『나, 꽃으로 태어났어』, 엠마 줄리아니, 비룡소

꽃의 일생을 그린 그림을 찬찬히 보다 보면 자신의 삶과 맞닿은 지점을 발견하게 된다. 아코디언처럼 접었다 펼치는 재미, 꽃들의 색을 감상하는 재미도 놓치지 않기를 바란다.

독서모임에서 함께 읽기 좋은 그림책(김혜진 추천)

#그림책을 잘 모르는 사람에게 마중물로 좋은 책

• 『100 인생 그림책』, 하이케 팔러·발레리오 비달리, 사계절

• 『100만 번 산 고양이』, 사노 요코, 비룡소

• 『꽃이 핀다』, 백지혜, 보림

• 『나의 미술관』, 조안 리우, 단추

• 『마지막 나무』, 에밀리 하워스부스, 책읽는곰

• 『매미』, 숀 탠, 풀빛

• 『블레즈씨에게 일어난 일』, 라파엘 프리에·줄리앙 마르티니에르, 그림책
  공작소

• 『악어 씨의 직업』, 마리아키아라 디 조르지오·조반나 조볼리, 한솔수북

• 『어쩌다 여왕님』, 다비드 칼리·마르코 소마, 책읽는곰

• 『잃어버린 영혼』, 올가 토카르축·요안나 콘세이요, 사계절

#그림책 좀 읽어 본 모임에서 나누기 좋은 책

• 『여름의 잠수』, 사라 스트리츠베리·사라 룬드베리, 위고

• 『나는 강물처럼 말해요』, 조던 스콧·시드니 스미스, 책읽는곰

• 『바람은 보이지 않아』, 안 에르보, 한울림어린이

• 『안녕, 나의 등대』, 소피 블랙올, 비룡소

• 『백주의 결투』, 마누엘 마르솔, 로그프레스

- 『커럼포의 왕 로보』, 윌리엄 그릴, 찰리북

- 『나의 작고 커다란 아빠』, 마리 칸스타 욘센, 책빛

- 『길거리 가수 새미』, 찰스 키핑, 사계절

- 『셜리야, 물가에 가지 마!』, 존 버닝햄, 비룡소

#이런저런 이야깃거리가 많은 책

- 『내가 책이라면』, 쥬제 죠르즈 레트리아·안드레 레트리아, 국민서관

- 『누가 진짜 나일까?』, 다비드 칼리·클라우디아 팔마루치, 책빛

- 『북극곰 밀로』, 로랑 수이에·쥘리에트 라그랑주, 놀궁리

- 『뿔쇠똥구리와 마주친 날』, 호르헤 루한·치아라 카레르, 내인생의책

- 『아무도 지나가지 마!』, 이자벨 미뇨스 마르틴스·베르나르두 카르발류, 그림책공작소

- 『지혜로운 멧돼지가 되기 위한 지침서』, 권정민, 보림

#어른들의 지친 마음을 달래 줄 힐링 책

- 『로지가 달리고 싶을 때』, 마리카 마이알라, 문학동네

- 『마음 조심』, 윤지, 웅진주니어

- 『살아 있다는 건』, 다니카와 슌타로, 오카모토 요시로, 비룡소

- 『새가 되고 싶은 날』, 인그리드 샤베르·라울 니에토 구리디, 비룡소

- 『안녕, 내 마음속 유니콘』, 브라이오니 메이 스미스, 상상의힘

- 『알레나의 채소밭』, 소피 비시에르, 단추

- 『어떤 약속』, 마리 도를레앙, J티재능교육
- 『엄마는 집 같아요』, 오로레 쁘띠, 개암나무
- 『위대한 식탁』, 마이클 J. 로젠·베카 스태틀랜더, 살림
- 『행운을 찾아서』, 세르히오 라이를라·아나 G. 라르티테기, 살림어린이
- 『흰 고양이 검은 고양이』, 기쿠치 치키, 시공주니어

#논픽션
- 『The Big Book 꽃』, 유발 좀머, 보림
- 『건축가들의 집을 거닐어요』, 디디에 코르니유, 톡
- 『나는 본다』, 로마나 로맨션·안드리 레시브, 길벗어린이
- 『드가의 산책』, 사만사 프리드만·크리스티나 피에로판, 주니어RHK
- 『밤의 과학』, 발레리 기두·엘렌 라이칵, 책속물고기
- 『상상하는 디자인』, 에바 솔라슈·알렉산드라 미지엘린스카, 풀빛
- 『새와 깃털』, 브리타 테큰트럽, 보물창고
- 『세상의 모든 속도』, 크뤼시포름, 이숲
- 『숲에는 길이 많아요』, 박경화·김진화, 창비
- 『위대한 괴물의 탄생』, 린다 베일리·훌리아 사르다, 봄의정원
- 『크게 작게 소곤소곤』, 로마나 로맨션, 안드리 레시브, 길벗어린이